KB019551

행복은
이어달리기

〈일러두기〉
• 본문의 주는 모두 옮긴이의 것이다.

행복은
이어달리기

마스다 미리 그림에세이

오연정 옮김

이봄

2 시절을 달려 오늘이 행복

**어른의 현실적인 상상력에
행복지수 상승!**

 엄마와 나와 아빠와

소소한 행복과
소소한 불행

↓

친구들과 끝말잇기를 하면서 걸었다.

행복한 단어만 말하는, 이름하여 '행복 끝말잇기'다.

여러 가지가 나왔다.

"수박"을 말한 친구도 있다.

"수박에 얽힌 추억이 행복이거든."

모두 고개를 끄덕끄덕.

수박(스이카) 다음으로는 '가면무도회(카멘부토카이)'가 나왔다.

"좋아, 초대받은 적은 없지만 즐거울 것 같아. 행복이야."

그 다음이 뭐였는지는 기억나지 않지만, 회전목마(메리고란도), 도널드덕(도나루도닷쿠), 크리스마스(쿠리스마스)로 행복 끝말잇기는 이어졌고, 근처공원에 벚꽃이 예쁘니 들렀다 가자 하여, 좀더 걸었다.

왠지 피하고픈 예감이 들었다.

예감은 적중했다.

"앗, 저기. 사건 현장이 보이는데."

일행 중 한 남자가 말했다.

사건 현장.

그것은 어느 패밀리 레스토랑이었다. 벌써 오래전 일이다.

패밀리 레스토랑은 주차장 위에 있었다. 그날 밤 식사를 마치고 레스토랑을 나온 후, 나는 장난스레 바깥 난간에 엎드려 올라타서는, 엉덩이로 힘차게 1층까지 미끄러져 내려갔다. 난간 끝에 장식으로 돌출된 부분이 있는지는 알아차리지 못했다. 나는 그것에 다리 가랑이를 강타당해 땅바닥에 쭈그려 앉았다. 틀림없이 어딘가 부러졌어!라고 생각했지만 괜찮았다.

그런 사건 현장을 지나 밤 벚꽃을 보러 간다.

활짝 핀 벚나무는 달밤 아래, 탐스러우면서 풍성해 보였다. 각자 나름대로 흩어져 꽃을 바라본다.

행복 끝말잇기의 단어는 여러 가지였다.

행복의 형태도 여러 가지리라 생각한다.

근데… 회전목마(메리고란도) 앞의 '회(메)'로 끝난 단어는 뭐였더라?

다음날 업무용 책상에 앉아 생각했다. 생각이 떠오르자 웃음이 나왔다.

"좋은걸, 훈훈해. 존재 자체가 행복이지."

"행복, 행복."

순순히 인정했던 '회전목마(메리고란도)' 앞의 단어는 '거북이(카메)'였다.

어른의 사생활

봄날, 친구와 밤외출

신주쿠에서 코미디 공연을 보고 돌아오는 길,

"아직 시간이 이르니 구단시타로 밤 벚꽃놀이 가자."

얘기가 나와, 좋아 좋아, 하면서 여자 넷이 지하철 승강장으로.

열차가 도착하고 문이 열렸다. 열차 안에는 빈자리가 적당히 있었다. 우리들은 말없이 재빠르게 사방으로 흩어졌다. 굳이 나란히 앉지 않아도 되잖아~라는 어른 세계의 암묵적인 규칙이 편안하다.

목적지에 도착할 때까지, 각자 메일을 확인하기도 하고,

꾸벅꾸벅 졸기도 한다. 자신의 어깨를 주무르던 사람은 나. 같은 차량에 탄 사람들은 우리 네 명이 친구라는 사실을 모르겠지.

내릴 역에 도착하자 다시 결집한다.

"있잖아, 어떤 얘기가 가장 좋았어?"

"나는 기린!"

"나도!"

공연 이야기로 흥을 돋우면서 긴 계단을 헉헉. 간신히 지상에 다다르니 활짝 핀 벚꽃이 우릴 반겨주었다.

"우와 예쁘다!"

이 말 외에는 다른 말이 필요 없을 정도의 밤 벚꽃이다.

조명에 비친 벚꽃 길을 들떠서 걷는다. 바람도 없이 따뜻했다. 벚꽃 사이로 달이 보일 듯 말 듯 아른거렸다.

한 친구가 말한다.

"솜사탕 먹고 싶어."

방금 우리 옆을 지나간 여성이 솜사탕 먹는 모습을 '좋구나' 하면서 나도 보던 참이기에, 먹자 먹자, 하면서 포장마차로 향했다.

가게 앞에 줄줄이 있는, 애니메이션 캐릭터 봉지 안에 든 솜사탕. 어린 시절, 봉지 안 솜사탕은 모두 같은 맛이라고 부모에게 들었지만, 나는 꽤 오랫동안 그 말을 의심했었다. 전부 먹어본 적도 없는데 어떻게 그걸 알지.

어른 네 명이 솜사탕 한 봉지를 사서 뜯어 먹었다. 입에 넣으면 순식간에 녹아 없어졌다.

"허무한 과자인걸."

"정말. 모든 게 꿈만 같아."

막상 입 밖에 내어 말하니 왠지 쓸쓸한 기분이 들기도. 하지만 그 쓸쓸함이 조금은 기분좋은 봄날 밤의 외출이었다.

솜사탕이란

웅크린
하얀
새끼 고양이
같다.

1킬로그램부터 시작

"3킬로그램을 빼려고 생각하니 힘든 거라고. 우선은 1킬로그램 감량을 목표로 한다면 괜찮을 거야."

내 친구가 이렇게 말했다.

과연, 나도 확실히 그러리라 생각해서, 우선은 1킬로그램 감량 작전에 나서기로 했다.

이런 이야기를 원고에 쓰면, 가끔 출판사에서 다이어트 기획에 관한 제안을 받곤 했다. 잡지에서 종종 볼 수 있는, '다이어트 시작 전, 시작 후' 사진이 함께 실리는 그것이다.

그와 같은 기획은 일단 담당 편집자를 통해서 온다. 대개는 어찌할 바를 모르겠다는 식의 메일이다.

"마스다 씨는 전혀 뚱뚱하지 않다고 생각합니다만, 다른 부서에서 의사를 전해달라고 하니 말씀드리는데……."

신경 써주니 부끄럽다. 그리고 '뚱뚱하지 않다고 생각합니다만'과 '말랐다고 생각합니다만' 사이에는 아마존강 정도로 넓은 강이 흐르고 있겠지 따위의 생각이 어렴풋이 들었다.

다이어트 기획 중 무엇이 싫은가 하면 딱 붙는 바로 그 옷이다. 그런 종류의 옷을 입고서 사진을 찍어도 좋다고 할 만한 관대함이 내게는 티끌만치도 없었다.

애초에 뚱뚱함과 날씬함의 문제가 아니다. 뚱뚱함과 날씬함도 문제라 하면 문제겠지만, 나로서는 길이의 문제였다. 그런 딱 붙는 옷이라면, 나의 긴 상반신이 일목요연하게 드러난다. 날씬해지고 게다가 상반신도 짧아지는 기획이라면 꼭 하고 싶지만, 어떤 걸 하더라도 내 상반신은 긴 상태 그대로다.

그렇긴 해도 잡지의 다이어트 특집은 좋아한다. 한 달 만에 허리둘레가 5센티미터 줄어든 사람의 사진을 뚫어지게 바라보며, 그리 머지않은 미래에 시도해보리라고 매번 다짐한다.

그럼 이제, 내 친구가 권유한 1킬로그램 다이어트다.

1킬로그램이라 하면 대략 1리터짜리 우유팩 하나치. 손에 들어보면 상당한 분량이다.

내 스마트폰에는 '실물환산'이라는 앱이 있다. 자신의 몸무게를 입력하면 어떤 것의 몇 개 분량인지를 계산해서 보여준다. 참고로 현재의 내 몸무게를 10엔짜리 동전으로 환산해봤더니 1만 2,888.9개 분량과 같은 무게고, 농구공이라면 96.7개 분량이다. 알고 있다. 아~주 좋은 정보다.

친구의 조언대로 우선은 저녁식사를 가볍게 해보았다. 간식도 좀 줄였다. 일상생활 중에 할 수 있는 운동도 시작했다. 그리고 외출했다가 집으로 돌아올 때, 한두 개 역은 걷는다는 전략이다.

오랜만에 지나는 길에는 새로운 레스토랑이 드문드문 생겨 있었다. 식당 앞 메뉴를 은근슬쩍 확인해가며 걷는다. 요리 이름으로부터 그 요리를 상상하는 일은 즐겁다. 맛있어 보여, 이런 생각을 할 때의 내 표정은 얼마나 바보 같을까….

1킬로그램 다이어트는 맥이 빠질 정도로 간단했다. 일주일도 걸리지 않았다. 비록 1킬로그램이지만, 목표를 달성했다는 만족감을 얻었다. 인생에 있어서 목표는 쉽사리 달성

할 수 없는 것인데, 귀중한 경험이다.

즉시 이 방법을 전수해준 친구에게 보고했더니, 눈이 번쩍 뜨일 만한 조언을 해준다.

"1킬로그램 뺐다면, 또 거기서부터 1킬로그램 빼면 되는 거야."

나는 그 친구에게 물었다.

"그건 그렇고, 그래서 최종적으로 몇 킬로그램 뺐는데?"

친구는 차분한 목소리로 말했다.

"1킬로그램이라면 바로 뺄 수 있다는 걸 알았으니, 이제 충분해."

어른 냄새

숨이 콱콱 막힐 듯한 냄새였다. 밤 9시 3분, 신오사카 출발-도쿄행 신칸센 안에서는 뭐라 형언할 수 없는 체취가 났다.

평일인 월요일, 차량은 거의 만석. 평소 이렇게 늦은 시간에 신칸센을 타는 일이 없기 때문에 놀라기도 했지만, 그 냄새에 질려버리고 말았다. 저녁부터 내리기 시작한 비도 한몫했겠지. 차 안은 눅눅했다.

도카이도 신칸센°의 좌석을 예약할 때, 나의 선택은 항상 통로 측. 화장실 가기에 편하고, 이동 카트에서 판매하는 커피를 손쉽게 살 수 있기 때문이다. 과자 사기에도 편하다.

"자가리코 주세요."

다른 사람 너머로 감자스틱과자 상품명을 정확하게 말하는 건 좀처럼 하기 어려운 일이다.

3인석의 통로측 좌석은, 혼잡할 때라도 운이 좋으면 가운데가 비어있기도 한다. 이날 밤엔 아무도 앉지 않았다. 옆에 사람이 없으면 마음이 편하다.

열차에 탈 때는 아주 집요할 정도로 좌석 확인에 신경을 쓴다. 개찰구를 빠져나갈 때도 본다. 플랫폼에서 줄을 설 때도 본다. 막 자리에 앉으려는 순간에도 물론 본다. 몇 번이고 본다.

그래, 틀림없어. 여기는 내 자리다. 누가 뭐라건 확실하다. 이렇게 확인하고는 짐을 선반에 올리고, 뒷사람에게 "의자를 조금 눕혀도 되겠습니까?" 이야기한 후, 테이블에 먹거리를 스탠바이. 가까스로 안정을 찾았을 때,

"저기요, 이 자리……."

하면서 모르는 사람이(당연하지만) 말을 걸었는데, 내가 틀렸을 때의 슬픔이여.

○ 도쿄역과 신오사카역을 연결하며, 업무출장 승객이 많은 노선이다. 일반 칸은 2인석, 3인석의 5열 좌석이다.

좌석은 맞지만, 다른 것이 틀렸던 적도 있다.

신요코하마역에서 탄 사람이,

"저기요, 이 자리……."

말을 걸어온 일이 있었다. 아니 아니요, 이미 내가 확인했거든요. 확실히 맞아요,라며 여유를 부렸는데, 저녁 6시 출발하는 신칸센이었건만 내 티켓은 아침 6시. 시간을 틀리게 샀던 것이다. 칩스타와 캔맥주를 주섬주섬 집어 들고 자리를 뜨는 나의 애처로운 모습이여….

이제, 이야기를 되돌려 늦은 밤 신칸센이다.

모두의 하루치 냄새가 뒤섞여 기침이 나올 것 같았다. 물론 내게서도 진액이 유출되었을 터다. 신칸센에 오르기 전, 철판구이를 먹었었다.

베이컨으로 감싼 팽이버섯, 곤약 스테이크(마늘 맛), 돼지고기와 파가 든 오코노미야키에 야키소바. 오사카 센니치마에에 있는 철판구이집에서였다.

간사이°에서의 업무가 끝난 후,

"맛집이 있습니다."

하길래, 따라간 가게에는 연기가 자욱했다.

○ 오사카를 중심으로 한 관서(關西) 지방.

"앗 뜨거, 맛있어."

서로 이 말만 하며 먹었다.

차 안은 자는 사람이 절반 이상이었다. 빈자리를 끼고 내 옆자리에 앉은 남성은 노트북 키보드에 두 손을 올린 채 깊이 잠들어 있었다. 그 사람의 엄마가 이 모습을 보았다면 틀림없이 다정하게 등을 다독여주었을 것이다. 어른들이 열심을 다한 냄새를 받아들이며, 신칸센은 어두운 선로를 달려갔다.

해달처럼 둥둥

흔들흔들 물에 뜬 채로 하늘을 볼 수 있다면 얼마나 좋을까.

등을 대고 물에 뜨는 일은 어린 시절부터의 동경이었다. 나는 수영을 못하는 맥주병은 아니다. 어쨌든 수영은 할 수 있다. 하지만 배영에 관해서라면 포기했다. 아무리 해도 몸 전체가 물에 잠겨버리고 말아, 그런 자세로 뜰 수 있다는 게 신기했다.

혼자 힘으로 더는 무리다. 그래서 마음은 '사해死海'로 치달았다. 외국에는 염분 농도가 굉장히 높은 사해라는 호수가 있어 사람이 간단히 물에 뜬다고 텔레비전에서 봤었다.

그때, 사해에 갔었다는 사람을 만났다.

"진짜, 진짜, 떴나요? 떠다니면서 신문을 읽을 만했나요?"

나는 딱 붙어서는 질문을 퍼부었다. 정말로 가뿐하게 뜨나요? 신문을 여유롭게 읽을 수 있을 정도인가요? 혹시 잠들라 치면 잘 수도 있나요? 신문을 읽을 수는 있지만, 잠까지는 무리인 듯. 추가 정보로는, 상처라도 있으면 따끔따끔해서 참기 어렵다는 것. 사해에 가기 전 부상은 금물이다.

아아, 떠 있어 봤으면. 물 위라는 붙잡을 데 없는 이불에서 뒹굴어 봤으면. 이렇게 말하긴 하지만, 쉽사리 사해에 갈수 있을 리도 없다.

하지만 올여름, 나는 구민회관의 수영장에서 떴다.

친구들과 수영장에 갔을 때,

"어머, 등 쪽으로 뜨고 싶어? 가르쳐줄게."

친구가 등을 받쳐주며 레슨을 시작한 지 3분 뒤, 나는 수영장에 두둥실 떠서는 해질녘 하늘을 바라보았다. 요령만 터득하면 간단했다. 뒤통수를 낮추고 허리를 힘껏 올리기만 하면 된다.

함께 간 친구들에게서 홀로 떨어져, 나는 이제 오로지 떠있었다.

"다행이야, 뜰 수 있어서."

모두가 그렇게 내버려둬주었다. 어린 시절의 꿈을 이제 막 이룬 사람. 그것이 나였다.

밤의 색으로 칠해지며 변해가는 여름 하늘. 볕에 타고 싶지 않아서, 우리들 중년의 수영장 모임은 매년 저녁이었다.

중학생 여러 명이 던지며 노는 비치볼이 물 위를 떠다니는 내 위를 몇 번이나 가로질렀다.

던져라, 던져도 좋아.

오로지 떠 있기만 하는 이상한 어른이 있어요…… 이렇게 그들에게 여겨졌을지도 모르지만, 알게 뭐람.

요리 교실에서 멍하니

겸손도 뭣도 아니지만 요리 솜씨는 '보통'이다.

능숙한 편이지 않을까, 생각했던 적도 있었다. 하지만 요리 교실에 다녀보니 그렇지도 않았다. 선생님이 얇게 부친 달걀지단을 보고 감탄하고, 선생님이 채 썬 생강을 보고 감탄하고, 선생님이 접시에 수북이 담았을 뿐인 양상추가 싱그러우면서 맛있어 보이는 것을 보고 감탄하고. 일일이 감탄하는 학생은 나뿐으로, 모두가 솜씨도 좋고 식재료에도 정통했다.

클래스는 소규모로 4, 50대 참가자가 중심이지만, 재미있게도 아무도 자신의 나이를 말하지 않는다. 들으면 말해야 하므로 다른 사람에게도 묻지 않는다. 암묵적인 규칙 속에서 누가 몇 살인지를 추리하는 것이 어른의 세계다.

나 외에는 아이가 있는 엄마들이었다. 모두 멋지게 차려입어서, 겉모습으로 세세한 판단은 불가능하다.

우선은 아이 나이로 가늠해본다. 고등학생 자녀를 둔 사람끼리라도 위로 대학생 형이 있기도 하고 아래가 중학생이기도 하고, 초등학생 아이가 있더라도 고령 출산인 경우도 있다.

옛날에 봤던 텔레비전 드라마가 화제로 올랐을 때가 기회다. 그 드라마를 안다면 이 사람의 나이가 좀 위일까. 여러 가지 판단 속에서 사용하는 존댓말의 양을 미세하게 조정해가며 만두피를 반죽했다.

나이는 건드리지 않고 이런저런 이야기를 나누면서 전채, 메인, 밥, 후식까지 만들고, 마지막은 한곳에 모여 시식회. 디저트인 딸기 바바루아를 우적우적 먹으면서, 디저트까지 만든다면 저녁식사는 한밤중에나 하겠구나 생각하니, 집에서 한번 해볼까 하는 마음은 저 멀리로 날아갔다.

맨 마지막은 질문 시간이다.

"화이트와인 비니거는 어느 브랜드가 좋은가요?"

그런 질문이 난무하는 가운데 메모도 하지 않고 멍하니 앉아만 있던 나. 선생님을 포함한 교실의 모두가 생각했을 것이다.

이 사람, 집에 돌아가면 오늘 배운 요리는 안 만들겠지.

나는 나대로 생각했다.

여기서 먹었으니 이제 만족이야.

실제로 집에서 시도해본 적은 거의 없었다. 무엇을 위한 요리 교실이었는지 전혀 알 수가 없어, 잠시 쉬겠습니다, 말한 지 벌써 일 년이 지나려 한다.

크기보다 속도

삼총사가 외출한 곳은 조금 가격이 비싼 튀김집. 카운터 너머에서 갓 튀겨진 튀김이 제공되는 집이다.

"두근거리는걸."

문을 열자, 카운터 자리에는 젊은 커플과 외국인 부부. 우리 일행이 앉으면 만석이다.

손님 일곱 명. 가게 측 세 명. 도합 열 명이 얼굴을 맞대고 있는, 가벼운 긴장감 속에서의 저녁식사다.

두툼한 물수건으로 손을 닦으니 문득 고향집이 생각났다.

지금쯤 아빠는 이부자리에 누웠을 테고, 엄마는 목욕하고 있으려나. 딸인 나는 밤 9시부터 튀김 코스. 가능한 예약이 이 시간뿐이어서 아마 다 먹고 나면 11시가 넘겠지.

우선은 맥주로 건배. 오마카세 코스˚다. 어떤 것부터 등장할까? 이런 대화도 가게 안에 들리리란 것을 의식한 듯한 조심스러운 목소리다.

사탕 크기의 튀김이 나왔다. 뭐지 이것. 세 사람이 앞으로 스윽.

"햇은행입니다."

어머, 뭐라고 은하? 다시 들으니 햇은행으로 판명. 입에 넣으니 스르르 녹아버릴 정도로 부드럽다.

"맛있습니다."

주인에게 말하니, "감사합니다"라고 상냥하게 웃으며 답해주었다.

하지만 아니지, 이것을 매번 반복하기에도 좀 뭣하겠지. 세 번에 한 번 정도는 인사를 건네고, 그 다음부터는 우리끼리 "맛있어" 하며 서로 이야기하는 느낌으로 가면 되지 않을까 궁리했지만, 중간부터는 리듬도 잡혀서 적절히 가게

○ 요리의 재료와 순서를 요리사에게 일임하는 고급 코스요리.

33

사람들과 이야기하며 모둠튀김 덮밥까지 내달렸다. 열다섯 종류 정도 나왔을까.

마무리 디저트를 먹을 때, 기다란 종이와 펜을 건네받았다. 때마침 칠석 전. 소원을 적으면 가게 앞 대나무에 걸어준다고 한다°. 외국인 부부도 즐거워하며 영어로 적었다.

별에게 무슨 소원을 빌까.

나에게는 '크기보다 속도!'라는 사고방식이 있다.

예를 들면, 지금 바로 돈을 받을 수도 있지만, 오래 기다리면 더 많은 돈을 받을 수 있다고 한다면? 그런데 그중 하나만 선택해야만 한다면. 나는 단연 바로 받는 파다.

어렸을 적에는 기다리는 파였다. 받은 간식도 다람쥐처럼 숨기고서 야금야금 먹었다. 책상 서랍에 처음으로 열쇠를 달았을 때,

"열쇠 달아서 뭘 넣을 건데."

엄마가 물어도 말을 얼버무렸다. 그런가, 이 아이도 비밀을 지닐 나이가 되었던가. 엄마는 마음속 깊이 진지했을지도 모르지만, 자신의 간식을 엄중히 보관하기 위함이었음을 알았다면 어이가 없었을 것이다.

° 일본은 칠석 전에 소원을 적은 기다란 종이를 대나무에 달고, 별에게 소원을 비는 풍습이 있다.

당연히 세뱃돈도 사용하지 않고 저금하는 아이였다. 받아서 액수를 세고는 우체국으로. 세뱃돈을 주는 어른이 된 지금은 장난감이라도 사는 편이 기분 좋은 일이라는 걸 안다.

　기다리는 일은 이제 질렸다. 종이에는 '좋은 일이 생기도록'이 아니라 '조만간, 좋은 일이 생기도록'이라고 적었다. 내일이나 모레 일어날 정도의 좋은 일로도 충분히 감사하다.

디저트 푸딩의 뚜껑이
꾸지나무 잎이었습니다.

그 옛날, 꾸지나무 잎에
시를 적었었다라는,
칠월칠석 어른의 연출이었습니다.

내 몸 생각해주는 사람

걸을 때마다 불편하다. 약간 가렵다. 다리 가랑이 이야기다.

왜?

내게는 짚이는 데가 있었다. 전날 수영하러 체육관에 갔을 때, 수영복을 잊은 것이 생각났다. 가지러 되돌아가기 귀찮아 체육관의 대여 수영복을 이용했었다.

대여 수영복이 비위생적이라고 말하려는 게 아니다.

문제는 사이즈다. 아무리 생각해도 S(스몰)와 M(미디엄)은 무리겠지 하면서 L(라지) 사이즈를 펼쳐 보았더니 웬걸, 작을 것 같았다.

잘 보니, 선반 가장 아래에 'LL' 사이즈가 딱 한 장 개켜 있었다.

이것으로 해야 하나.

손을 뻗어 걸쳐보다가, 나는 어떤 중대한 사실을 알아차렸다. 수영복 색상은 모두 똑같았지만, 사이즈별로 양옆 라인의 색상이 달랐다.

따라서 LL 사이즈를 선택하면 'LL 사이즈 수영복을 입은 사람'이라는 사실이 훤히 드러난다.

나는 키가 큰 편이지만, 그뿐이라면 아마 L로 될 거야. LL로 마음이 흔들리는 것은 확실히 살집이 좋은 하체 탓이야.

자신과의 타협 결과, 우격다짐으로 L 사이즈를 대여. 탈의실에서 갈아입었더니 몸에 좀 끼긴 했지만 어떻게든 될 것 같았다.

나는 너무 쉽게 생각했다. 수영복은 물속에서 오그라든다. 수영을 하다보니 조금 끼던 옷이 막판에는 꽉꽉 끼는 옷으로. 이쪽 사정 따위는 아랑곳없이 수영복은 내 살을 쭉쭉 파고들었다. 마찰로 인해 쓸려버린 결과 '가렵게' 되었다.

가렵다. 어떡하지. 병원에 갈 정도는 아니겠지만, 가게 된다면 무슨 과인 걸까. 그곳에 여성 의사는 있으려나?

어린 시절, '나'의 몸을 걱정하는 일은 엄마의 역할이었다.

열이 난다, 배가 아프다, 어딘가 따끔거린다. 걱정 담당인 엄마에게 전달하면 바로 대처법을 고민해주던 역할.

어른이 되니 자기 몸의 걱정 담당은 자기 자신. 나아가 도리어 부모님의 몸 상태를 걱정하는 쪽이 되었다.

어떤 상태인지 확인하려고 콤팩트 거울로 들여다봤지만…… 모르겠다. 남자와 달리, 매일 보는 부분은 아니어서,

"이런 느낌이었다고 생각은 되지만"

하면서 고개를 갸우뚱.

걱정할 것까지도 없이 다음 날에는 아무렇지도 않았다.

일하는 틈틈이
문득 드는 생각 베스트
넘버원은

허둥지둥 족속

업무 관련 회식 후, 바에 들러자고 한다.

바Bar. 이미 어른이지만, 아직 발을 들여놓아서는 안 될 것 같은 기분이 드는 장소다. 그렇긴 해도 가지 못할 이유 따위는 없으니 기회가 되면 당연히 가겠지만, 바는 들어가기 전 다소 긴장된 분위기가 기분 좋은 곳이었다.

"여기입니다."

말하며 빌딩 앞에서 멈춰 선다.

"호오, 여기인가요?"

엘리베이터를 탄다. 처음인 가게여서 잘 모른다고는 하

지만, 어느 정도의 예비조사는 마쳤을 터다. 그래도 두근거리는 마음은 다 같이 느낄 수 있었다.

"엘리베이터에서 내려, 이건 아니다 싶으면 들어가지 맙시다."

이렇게 말하길래, 그러시죠라고 답하면 될 것을,

"느닷없이 바로 가게 안인 경우도 있어요."

쓸데없는 말을 하는 나.

엘리베이터 문이 열렸다. 바의 문은 따로 있었다.

"들어갈까요."

"들어갑시다."

카운터에는 여성 바텐더가 있었다. 어서오세요, 하는 목소리가 멋졌다.

목소리가 저음인 여성을 동경한다. 특히 약간 쉰 듯한 목소리. 나 자신이 그런 목소리였다면 한층 차분한 사람이 되지 않았을까 싶다. 나는 목소리가 높고 말이 빨라, 아무래도 '허둥지둥'하는 듯이 보이는 모양이다. 그리고 실제 허둥지둥한다. 대화 중 이야기가 끊겨 적막해지면 이상한 사명감이 솟아나, 허둥지둥하며 아무래도 좋을 말을 지껄여서 그자리가 썰렁해진다는…….

허둥지둥하는 사람은 가벼이 취급되기도 쉽다. 그런 식

으로 취급되고 있는 당사자가 하는 말이니 확실하다. 처음에는 정중하게 대해주던 사람도 알아차린 후에는 반말이 되는 경우가 다반사다. 아아, 오늘도 허둥지둥하고 말았다. 집으로 돌아오는 길에 냉정하게 되돌아본다. 이것이 허둥지둥 족속의 인생이다.

바의 카운터에는 먼저 온 남성 손님이 한 명 있었다. 마시다 보니 하나둘씩 손님이 와서 어느새 만석이다.

그곳에 있는 모두가,

"지금, 바에 와 있다!"

라는 듯이 조금은 의기양양해 보이는 표정이다.

바에서는 허둥지둥 족속도 허둥지둥할 수가 없다. 우리들 일족도 상황을 분별한다. 화제가 도중에 끊기더라도 선반의 술병을 지긋이 바라보며 잠자코 있는다. 그리고 잠자코 있다고 해서 허둥지둥 않는 것도 아니라는 점이 허둥지둥 족속의 슬픈 천성인 셈이다.

가슴 이야기로 박장대소

벗으면 가뿐하다. 온천에 들어갔을 때와 같은 그 해방감. 걸쳤을 때와 아닐 때는 천양지차. 그것은 브래지어였다.

"집에 돌아오자마자 벗거든~"

이런 이야기를 여자 친구 몇 명과 했었더랬다.

하지만 벗으면 벗은 대로 다른 문제가 있었다. 택배를 받는 일이다. 겨울철이라면 두툼하게 껴입으니 상관없지만, 얇게 입는 여름에는 좀 곤란하다.

"맞아."

모두가 끄덕끄덕.

브래지어 없이 티셔츠인 상태로 택배 수령을 어떻게 하는지. 술집 테이블에 즐비한 이런저런 요리를 볼이 미어지도록 먹으며 우리는 이야기를 나눴다.

굽은 등을 해서 티셔츠 앞을 띄운다가 아무래도 주류인 듯하다.

양손을 가슴 앞에서 꼼지락꼼지락 계속 움직이는, 둔갑술 같은 기술도 여러 명이 지지했다. 이야기가 결말로 향하고 있을 때 한 여성이 손을 들었다. 나다.

"기다란 수건을 목에 둘러 가슴까지 늘어뜨리는 거야."

이 발표 후 함성이 터졌다.

"좋아, 멋지네, 로커 같겠는걸."

시합 후의 레슬링 선수 같다고도 하며, 우리 테이블은 웃음바다에 빠졌다.

첫 브래지어는 초등학교 5학년 때였다.

학교 복도를 걷는데, 여성 보건 선생님이 살짝 불러 세웠다.

"슬슬 브래지어를 해야겠는걸."

엄마도 염려하던 터라 알고는 있었지만, 나는 브래지어 따위 하고 싶지 않았다.

그것은 어른이 하는 물건이야, 그러니 아이인 내가 하는 것은 부끄러운 일이야!

아이는 아이 나름으로, 강하고 확고한 자기 생각이 있는 법이다.

나는 어린 나를 만나러 가서 가르쳐주고 싶었다. 괜찮아. 먼 미래, 브래지어로 박장대소할 날이 반드시 올 테니까.

웃는 자신에게
다시 웃어줄 수 있는
즐거운 시간.

소중한 이야기는

어른의 세계에는 표면적으로 교제하는 경우가 있다. 날씨라든가 음식 이야기를 하다가 쓱 헤어지는 가뿐함이여!

하지만 그런 교제 중에도, 어떤 순간에 따끔따끔 마음이 아픈 경우가 있다.

표면적인 교제라고 해서 개의치 않는 건 아니다. 무례한 농담을 물에 흘려보내지 못하고 집착해버린 날도 있다. 절반은 능숙하게 주고받지 못했던 나 자신에게 화를 내기도 한다.

날아오는 나쁜 공 모두를 탁탁 되받아칠 수 있다면 얼마

나 좋을까?

하지만 무리다. 나는 평소에도 논리정연하게 말하지 못한다. 당황했을 때는 한층 더 어렵다. 나는, 나를, 나의 말로 도울 수가 없었다.

업무를 협의하는 자리에서도 대부분 우물쭈물한다.

"뭔가, 그러니까, 아마, 이런 것을 쓰고 싶다고 할까, 뭐라 할까, 멋지게 말하진 못합니다만……."

똑바로 전해야겠다고 생각하면 생각할수록 말이 멀어져 간다. 그러면서도 거침없이 술술 말할 수 있었다면, 이렇게 글을 쓸 일도 없었겠지!

어떻게든 나 자신을 두둔하며 귀갓길에 오른다.

내 책상은 언제나 다정하다. 책상에 앉으면 마음이 놓인다. 어린 시절부터 그랬다. 여동생과 줄곧 방을 같이 썼지만, 내 책상 앞에 앉았을 때의 마음은 언제고 조용한 독방 안이었다.

어른이 되더라도 사람에게는 자신의 책상이 필요하지 않을까. 작아도 상관없다. 결코 누구도 손댈 수 없는, 나만의 책상.

오래전에, 연장자인 사람이 내게 말했다.

"중요한 것은 남에게 말해서는 안 된다네. 약점을 잡혀버리기 때문이지."

누구였는지는 잊었지만, 기억에서 사라지지 않는 까닭은 마음에 와닿는 바가 있었기 때문이리라.

조언해준 사람은 어쩌면 나와의 공통점을 느끼고서 말했는지도 모른다. 내 기억으로는 호되게 당했던 날의 밤이다. 그 사람 말이 맞다고 생각한다.

하지만 그렇게 생각하지 않는 밤도 있다. 누군가와 소중한 이야기를 나눴던 날의 밤은 따뜻하고 풍성하다.

나두!

남자아이가 자고 있는 건 탈 때부터 눈치챘다. 전철 안에서의 이야기다.

초등학교 1, 2학년생 정도 되었을까. 가방을 대각선으로 두르고, 목에는 커다란 물병을 메고 있었다. 오늘은 즐거운 소풍날이었는지도 모른다.

내가 처음으로 혼자 전철을 탔던 때는 열 살 무렵이다. 사촌이 사는 동네에 묵을 예정으로 놀러갔었다.

짐을 하나로 정리하라고 엄마는 말했지만, 무슨 일이 있어도 꼭 두 개로 하고 싶었다. 어른은 으레 짐이 많은 법이다. 나는 어른처럼 보이고 싶었다.

둘로 나누어진 가방에는 갈아입을 옷 외에 트럼프 카드, 인형, 별자리운세 책까지. 무슨 생각이었는지 가족사진도 지참했다. 혼자 가는 여행의 긴장이나 불안감이 이해는 가지만, 사촌네 집까지는 전철로 고작 30분 거리였다.

중간에 환승이 한 번 필요했다. 아빠는 환승할 역 이름을 복창시켰다.

"모르는 사람을 따라가면 절대 안 돼."

엄마는 꽤 집요하게 일렀다. 무슨 이유로 모르는 사람을 따라가겠어……. 모르는 사람을 따라갈 리 없다며, 건성으로 받아넘겼다. 하지만 그 당시의 나라면 교묘한 말솜씨로 유혹하면 틀림없이 덜컥 따라갔을 것이다.

전철 안에서 자던 남자아이.

시부야역 가까이 왔을 때 남자아이 쪽을 바라보니, 아이의 옆이 비어 있었다. 보호자가 다른 자리에 있다면 바로 아이 옆으로 와서 앉았을 터다.

남자아이는 혼자서 전철을 탔던 것이다. 그러고는 푹 잠들었다.

혹시 지나치지는 않았을까?

잠깐 망설였지만, 나는 일어나 남자아이에게 말을 걸었다.

"애, 애."

일어나지 않는다. 이번에는 몸을 숙이고서, "어~이! 애! 애!" 새끼 고양이처럼 깊이 잠들었다. 다시 한 번 큰소리로 흔들어 깨우자, 남자아이는 잠결에 벌떡 일어섰다. 그 행동이 너무나도 귀여워 엉겁결에 웃어버렸다. 동시에 지켜줘야겠다는 사명감이 끓어올랐다.

어디서 내리는지 물으니, 아니나 다를까 훨씬 전에 지난 역이었다. 함께 내려 반대편 열차에 아이를 태웠다.

"이제는 자면 안 돼요. 알았지?"

아이가 고개를 끄덕이자 문이 닫혔다. 내 입안에는 "알았지?"라는 어른의 말이 남아 있었다.

다른 날.

미용실에서 머리에 랩을 감은 상태로 잡지를 읽는데, 어린 여자아이가 내 옆으로 다가왔다. 눈이 마주칠 때마다 웃어 보였더니 편안하게 느꼈나 보다. 아이는 엄마를 기다리는 중이었다.

"가보고 싶어."

여자아이가 혼잣말처럼 말했다.

가보고 싶다. 어떤 의미인지 바로 알았다. 알아차렸다! 나도 어릴 적에 똑같은 생각을 했었으니까.

"나두!"

나는 활기차게 말했다. 나'도'가 아니라 나'두'. 어른의 단어 따위 쓰지 않으며 마음을 공유하고 싶었다.

미용실에는 커다란 거울이 있었다. 거울 속 세계로 가고 싶다는 여자아이의 말이었다.

"어떻게 하면 갈 수 있을까."

내가 말하자 아이는 웃는 얼굴로 답했다.

"톱으로 자르면 갈 수 있지 않아요?"

'물웅덩이 속에 다른 세계가 있어.'
이런 상상을 좋아했다.

시절을 달려 오늘이 행복

포장마차

밤, 이불 속에서 때때로 자문한다.

지금, 가장 먹고 싶은 음식은?

먹고 싶은 음식은 항상 똑같다. 야키소바다. 그것도 포장
마차에서 파는 소스 야키소바°. 자기 전에는 대부분 공복이
기 때문에 맛이 진한 음식이 당긴다.

아아, 먹고 싶어, 야키소바 먹고 싶어.

그런 생각을 하면서 잠이 든다.

○ 일본식 볶음면. 포장마차의 소스 야키소바는 단순한 조리법과 재료로 인해 맛이 진한 특제소스
에 주력한다.

포장마차라 하면, 잊지 못할 기억이 있다. 가족이 다 함께 유원지에 갔다 돌아오던 길에 있었던 일이다. 나는 열 살 정도였던 것 같다.

밤길에 구운 옥수수를 파는 포장마차가 나와 있었다. 간장의 맛있는 냄새. 맛있어 보여, 먹고 싶은걸. 지나친 후에도 포기하지 못했다.

그날은 아빠도 함께였다. 출장이 많아 거의 집에 없었던 아빠다. 아빠는 흔쾌히 돈을 주었다. 나는 옥수수를 사러 혼자 뛰어서 되돌아갔다. 깡충깡충 뛰고 싶을 정도의 기분이었다.

포장마차의 먹음직스러운 구운 옥수수. 아저씨에게 돈을 건네자, 바로 하나를 비닐봉지에 넣어주었다.

건네받은 옥수수는 끝부분이 검게 탄 놈이었다. 게다가 차가웠다. 어른인 다른 언니들은 뜨거우면서 노란 옥수수를 받았지만, 내가 받은 것은 검게 탄 식어버린 옥수수. 만만한 손님에게 줄 작정으로 옆으로 치워놨었음이 분명하다. 멀리서부터 탄 것을 목표로 달려온 호갱님, 아니 어린이 호갱, 그게 나였다.

내 옥수수를 본 아빠는,

"탔네."

하시며 웃었다.

역시 그런가, 검게 탄 건가.

그래도 그 정도는 아닐 거라는 어렴풋한 기대를 품고 가족이 있는 곳으로 달려왔는데, 단박에 깨졌다. 아버지, 말하지 않은 편이 나았을걸요…… 부당한 취급을 받고 온 것이 들통나 나는 부끄러웠다. 내가 그 옥수수를 먹었는지까지는 기억나지 않지만, 어른만 되면 그런 일은 당하지 않겠지, 라고 생각했던 것은 기억난다.

어른이 된 나는 생각한다. 어른만 되면, 이렇게 생각했었지만, 그날 밤과 마찬가지로 함부로 취급된 적이 없었다고 말할 수 있을까. 맛있는 야키소바를 먹고 싶다며 잠드는 밤도 있지만, 분함으로 괴로워하는 밤도 여전히 있다.

자전거

늦은 아침을 먹은 후 커피를 마시며 창밖을 본다.

엷게 흐린 하늘이다. 낮부터는 비가 올지도 모른다.

현관에는 세탁소에 미처 맡기지 못한 옷이 며칠 전부터 종이봉투에 담겨 놓여 있다. 지금 당장 세탁소에 갈까. 간 김에 3시에 먹을 간식으로 빵도 사 와야지.

빵이라 하니, 그렇지. 팬지도 사야지.° 여름 축제에서 샀던 이름 모를 빨간 꽃이 현관 앞에서 시들어가고 있었다.

○ 일본어로 빵과 팬지는 둘 다 팬(パン)으로 시작하는 단어다.

자전거에 올라타 천천히 달리기 시작한다.

자전거에서 페달을 처음 한번 밟을 때는 항상 뭔가를 느낀다. 과장해서 말하면 우주다. 두 개의 자전거 바퀴로 땅 위를 굴러가는 이 현상. 몸이 떠 있으니까, 약간은 공중 유영이지 않을까.

나는 자전거를 늦게 배운 아이였다. 어릴 적 친구들이 차례로 보조바퀴 떼는 것을 공동주택 그늘에 숨어서 지켜봤다.

어느 날 나는 결심했다. 오늘에야말로 보조바퀴를 떼야지. 엄마가 함께 가겠다는 것을 말리고, 혼자 근처 자전거점에 가서 보조바퀴를 제거했다. 보조바퀴를 제거했을 뿐인데, 어린이용 빨간 자전거가 갑자기 언니처럼 보였다.

내가 동경했던 것은 당시 아이돌인 아마치 마리°의 마리짱 자전거였다. 앞에 달린 바구니에 마리짱의 얼굴 사진이 붙어 있는 냉정하게 생각해도 멋진 자전거였기에, 나는 그것이 너무너무 갖고 싶어 견딜 수가 없었다. 자전거 몸체에는 신데렐라성 같은 그림이 그려져 있어 굉장히 로맨틱했

○ 1951년생으로 70년대 국민 아이돌 가수였다.

다. 안타깝게도 근처 자전거점에서는 팔지 않아 빨간색 자전거를 갖게 되었다.

자전거점에서 보조바퀴를 제거한 날. 돌아올 때는 당연히 손으로 끌었는데, 도중에 같은 반 남자아이 두 명을 우연히 만났다. 최악이다.

"왜 자전거를 끄는 거지."

"탈 수 없게 돼버렸어?"

핵심을 찔렸지만, 거짓말로 둘러대며 그들과 헤어졌던 기억이 난다. 생각할 수 있는 거짓말은 '다리가 아프다'였다.

집에 와서는 엄마의 코치 아래 자전거 특훈이 시작되었다.

이런 자전거를 정말로 탈 수 있을까?

그때의 기분은 분명 절망이었다. 익숙하게 타는 지금도 불가사의하니까.

성인용 자전거에 올라탄 나는 세탁소로 거침없이 달렸다. 꽃가루 알레르기 탓에 봄을 즐길 수 없는 만큼 가을에는 가슴 가득히 바람을 들이마신다.

넉넉하고 자유로운 기분이다.

집에서부터 역 앞 상점가까지 좋아하는 길이 있다. 버스도 다니지 않는 좁은 길이지만, 지도에는 쭉 뻗어서 자로 선을 그은 듯한 길.

얼마 전 오사카 본가에 갔을 때 옛날에 좋아했던 길을 지났다. 가장 가까운 역에서 집까지 택시를 타면 두 가지 경로가 있다. 운전사에게 맡기면 대부분 버스가 다니는 큰길로 가지만, 얼마 전에는 그쪽이 아닌 다른 길을 선택한 운전사였다. 제방 언덕을 넘어가는 코스다. 내 고교 시절 통학로이기도 하다.

비가 오는 날에도 바람 부는 날에도 자전거로 지나던 길. 학교까지는 30분 가까이 걸렸다. 하굣길에는 단짝인 오총사와 이것저것 군것질하면서 돌아왔다. 제방에 올라갔을 때 보이는 경치를 좋아했었다. 주택가 너머의 산을 바라보며,

내게는 미래가 있다!

괜스레, 격한 감정에 빠지곤 했다.

지금도 그런 기분이 들 때가 있다. 자전거를 타며 기분 좋은 바람을 맞을 때 특히 그렇다.

내가 좋아하는 쭉 뻗은 길을 지나 세탁을 맡긴 뒤, 빵을 사고 보라색 팬지를 두 포기 샀다. 예정에는 없었지만 전통과자점에서 떡꼬치도 사서 집으로 돌아왔다.

달토끼와 땅개미

어른들이 말하곤 했다.

"달에는 토끼가 산단다."

토끼는 떡방아를 찧는다고 한다. 우리 가족은 오랫동안 대중 목욕탕에 다녔는데, 이웃과 함께 돌아오는 밤도 있었다. 그때 어른들은 보름달을 가리키며, 저것이 절구고 저것이 절굿공이라고 설명해주었다.

달에 토끼가 있다. 모두 이구동성으로 말한다. 그렇다면 진짜일 것이다. 하지만 그렇더라도 지구에서 보일 정도의 토끼라면 엄청나게 크지 않을까? 이런 의문은 있었다. 어린

애라도 원근감은 있다. 어린 내가 마음속으로 상상했던 달의 토끼는 어디까지나 보통 크기였다.

그 토끼들이 달에서 무엇을 하고 있는가 하면, 역시 떡방아다. 크기에 대해서는 불신이 심했지만, 떡방아 부분은 받아들였었다.

나는 떡이 마음에 걸렸다.

역시 토끼가 먹는 것일까?

아니면 갓 만든 떡을 달에서 똑똑 떨어뜨려주는 것일까.

초등학교 안뜰에는 토끼집이 있어, 몇 마리의 흰색 토끼가 사육되고 있었다. 청소당번일 때 열쇠로 열고 토끼집 안으로 들어가면 항상 이상한 기분이 들었다.

철망 너머의 학교 건물.

토끼에게는 이런 식으로 보이는구나.

나는 토끼의 시선으로 학교 건물을 올려다보았다.

개미의 시선이 되었던 적도 있다.

땅 위의 개미 행렬.

잠시 웅크리고 앉아 관찰하다 보면 참견하고 싶어진다. 개미가 지나가는 길에 작은 돌을 놓아 교통통제. 당혹스러워 보이는 개미들에게 더한 시련을 주기 위해 나는 성채를 쌓았다. 개미 입장에서 본다면 만리장성 수준이다.

패닉에 빠진 개미 집단을 좀더 보고 싶다.

이런 감정은 인간의 어떤 부분에서 솟아나는 것일까.

그런가 하면, 그들을 위해 화려한 모래성을 만들기도 했다.

개미 씨들, 앞으로는 내가 만든 성에서 살면 좋을 거야.

모래성을 만들고, 큰 벌레가 들어가지 못하도록 해주었다. 뜯어온 야생화로 화단도 마련했다. 마구잡이로 뜯어왔기 때문에 자랄 리 없는 꽃이다. 연못도 필요하지 않을까? 쓸데없는 것까지 생각하는 나. 하지만 구멍을 파서 물을 붓더라도 시간이 지나면 지면으로 흡수되어, 계속해서 붓다보면 낙원은 질퍽해지고……. 결국 그 성에서도 개미들은 패닉이 된다.

열중하다 보면, 문득 나 자신도 누군가가 보고 있으리란 기분이 들었다.

내가 지금 있는 장소는 크디큰 무대 위고, 그것을 크디큰 인간이 관찰하고 있다면?

개미의 시선이 되어 하늘을 올려다보았다. 그리고 내가 가지고 논 개미가 가여워지는 것이다.

학창시절 일기장

    무엇이든 잊고 싶지 않다고 생각했던 때는 10대 시절이었다. 아무것도 아닌 하루조차도 나는 모두 기억하고 싶었다. 일기도 늘 썼다. 일기를 쓴다면 기억은 더욱더 강하게 남겠지. 지금을 영원히 잊을 일은 없어. 그렇게 생각하니 안심이 되었다.

    그렇지만 나는 여러 가지 일들을 잊고서 어른이 된 듯하다. 얼마 전 편집부를 통해 한 통의 편지가 도착했다. 고교시절의 반 친구로부터였다. 반 친구라 해도 당시는 단짝인 친구 외에는 교류가 없던 시절이어서, 같은 반이 되었어도 말 한 마디 나누지 못한 채 끝나는 경우가 종종 있었다. 그랬던 반 친구로부터, 돌고 돌아서 도착한 편지였다.

편지에는, 내 에세이를 어디에선가 보고는 그리움에 잠겼었다고 했다. 더구나 마스다 씨와의 추억이 딱 하나 있다고 쓰여 있었는데, 그것은 영어 교재비 수금을 담당했던 그녀가 그날 지갑을 안 가져왔던 내 몫의 금액을 대신 치렀다는 이야기였다.

큰일이다, 기억나지 않는다. 제대로 갚았던가? 조마조마해 하면서 읽어 내려가니, '다음날 귀여운 일러스트가 든 편지와 함께 갚아주어 기뻤다'라는 내용이어서 안도했다. 무엇이든 잊고 싶지 않다고 하고선 잊고 지냈구나.

정확히 30년 전 고등학생이었던 나는 어떤 일을 기록했었을까. 오랜만에 일기장을 펼쳐 보았다.

1986년 8월 27일.

'오늘, 체육 수영장. 후쿠다 선생님 담당이어서 맛짱과 둘이 몰래 빠져나갔다가 들키고는 거짓울음 작전으로 무마. 굉장히 즐거웠다.'

어떻게 된 거지.

완전 거짓말쟁이에 둘러대기 선수였네.

다시 한 번

고등학생이 된다면……

인생 최초의 해외여행

하네다 공항으로 갈 때면 모노레일을 이용한다. 하마마쓰초역에서 모노레일을 타고 빌딩 숲을 빠져나가면 점점 하늘이 넓어진다. 지금부터 여행을 떠나는구나. 이런 풍경을 차창으로 확인하다보면, 점점 몸에서 일상이 벗겨져 나간다.

어린 시절, 푹 빠졌던 텔레비전 애니메이션으로 〈은하철도999〉가 있다. 은하철도999라는 그 이름대로 우주를 여행하는 기차다. 언젠가 타보고 싶다며 동경했던 어린 날의 꿈을 모노레일은 가뿐히 이루어준다. 고가선로인 덕분에 공중을 나는 기차에 올라탄 기분을 만끽할 수 있었다.

모노레일도 좋아하지만 하네다 공항도 좋아한다. 어느 모로 보나 크다. 일반인이 들어갈 수 있는 이처럼 큰 건물은 좀처럼 없다. 국내선인데도 넉넉히 출발 두 시간 전에 가지만, 우왕좌왕하곤 한다. 이 이야기를 하면 대부분의 사람은 어이없어한다. 나도 때로는 이런 내 모습이 어이가 없다.

공항 안에 흐르는 방송이 기분 좋다. 하코다테, 아오모리, 센다이, 니가타, 요나고, 도쿠시마, 구마모토, 나하. 비행 목적지를 듣고 있으면, 나는 이제 어른이니 어디로든 여행을 떠날 수 있다는 힘찬 기분이 끓어오른다.

어른의 여행이라 하면 고향의 고교 시절 친구들과 여자 모임을 가졌을 때,

"50세가 되면 기념으로 다 함께 어디든 가서 자고 올까?"

이것이 화제가 되었다.

한 친구가 말했다.

"나는 독실로 할게. 코를 고는 것 같거든."

나도 곧바로 손을 든다.

"나도 고는 것 같아."

그러자 다른 친구가 다른 삭도로 참전參戰해 왔다.

"나, 요전에, 자다가 오줌 쌌어."

갑작스러운 고백이다. 자다가 앗, 하는 생각에 벌떡 일어

났더니 '조금 쌌다'라는 얘기. "이불은 휴대용 시트로 하자."
이렇게 제안해서 폭소. 우리들의 어른 여행은 왠지 대단할
것 같다는 예감이다.

　"성인식 기모노는 필요 없어요."°
　이렇게 부모님께 간청하여, 학교에서 주최하는 유럽 여
행에 참가했던 때는 열여덟 살이었다. 인생 최초의 해외여
행은 인생 최초의 비행기이기도 했다. 나리타 공항으로 가
기 위해 이타미 공항에 도착한 것만으로 나는 엄청 많은 사
진을 찍었었다.
　당시의 여행안내서를 꺼내 펼쳐 보았다. 이탈리아, 프랑
스, 영국 17일간. 미술관이나 유적지 탐방 등 관광명소가 적
절히 들어 있었다.
　여행안내서에는 이러저러한 조언도 적혀 있었다.
　〈유럽은 레이디퍼스트 나라입니다. 당황하지 말아주십시오.〉
　이것을 읽은 열여덟 살의 나는 틀림없이 설렜겠지.
　식사에 대해서는,
　〈수프는 DRINK(마시다) 하는 것이 아니라 EAT(먹다) 합

° 일본에서 부모들은 성인식 때의 기모노 치장을 위해, 일반적으로 고액을 지출한다. 기모노 대신
　해외여행 비용을 요청했음을 뜻한다.

니다.〉

어째선지 부분부분 영어로 되어 있다.

분명 갔었을 텐데 기억나지 않는 장소도 있었다.

〈아펜니노 산맥을 넘어 볼로냐부터 파르마, 밀라노로.〉

일정표에는 이렇게 적혀 있다. 아펜니노 산맥이라면 버스 이동 중에 자느라고 보지 못했을 수 있지만, 밀라노 관광까지 망각의 저편인 것은 어째서일까. 나, 갔었던 걸까, 밀라노에……. 비용을 대준 부모님께 새삼 죄송하다.

기억하는 것도 물론 있다. 기내식용 스테인리스 나이프와 포크를 기념으로 챙겼던 친구가 금속탐지기에 걸리자, 외국인 담당자가 실소하며 몰수했던 일. 이탈리아 거리에서 노점상 사과가 일본 것보다 작아 귀여워 보였던 일 등등.

여행 중 자유 시간. 친구와 군밤을 먹으며 걸었던 길에는 겨울바람이 불고 있었다.

전문대생의 학창 시절은 짧다. 내년 이맘때쯤이면 취직이 결정되어 있을까, 이런 생각을 하면서 걸었었다. 직장인이 되면 휴가 따위는 선뜻 쓸 수가 없고, 더는 여행도 못 가겠지. 내 안에 있는 '여행'이라는 단어의 울림에는 그런 식으로 생각했던 시절의 쓸쓸함도 포함되어 있었다.

자취방 꾸미기

직장인이 된 지 4년이 지났을 무렵, 처음으로 자취 생활을 단행했다. 본가가 있는 공동주택 단지로부터 자전거로 5분 정도인 원룸 맨션이었는데, 엎어지면 코 닿을 곳이었기 때문에 부모님을 설득할 수 있었다. 나는 바라던 혼자만의 방을 손에 넣었다.

이사하고 바로, 맨션 앞 쓰레기장에 컨트리풍 식탁이 버려져 있는 것을 발견했다. 대형 쓰레기 버리는 날 아침이었다. 나는 우뚝 버티고 서서 1분 정도 고민했다. 칠을 새로 한다면 아직 쓸 만하지 않은가? 잘 살펴보니 세트인 의자도

두 개 있다. 나는 그것들을 3층의 내 방까지 짊어지고 돌아왔다.

또 다른 대형 쓰레기 버리는 날. 커다란 참나무통이 버려져 있었다. 참나무통? 대체 뭐지. 다시금 우뚝 버티고 섰다. 참나무통에는 웬일인지 문짝이 달려 있었다. 좌우 여닫이 문이다. 주뼛주뼛 열어보았다. 안에는 선반이 달려 있었다. 술병을 진열하기 위한 것일지도 모른다. 여기에 소품을 장식하면 어떨까? 나는 참나무통을 짊어지고 돌아왔다.

또 다른 대형 쓰레기 버리는 날. 오늘은 뭐가 있으려나~ 주울 생각으로 가득 차서는 서둘러 현장으로 갔다.

기타가 있었다. 케이스는 없지만 줄은 있다. 나는 기타 종류를 치지 못하지만, 칠 수 있는 친구가 놀러올 날이 생길지도 모른다. 그 친구가 누구인지 전혀 짚이는 바는 없었지만 가지고 돌아왔다.

나는 내 딴에는 진지하게, 세련된 방을 목표로 삼았었다. 하지만 녹색 페인트로 칠해버린 컨트리풍의 식탁 세트는 촌스러웠다. 그 옆에는 참나무통 장식장과 기타. 테마를 상실한 방이었지만, 나만의 소중한 성이라는 사실에는 변함이 없었다.

나는 그곳에서 새로운 일에 도전해보리라 다짐했다. 직

장 생활을 하면서 드라마 각본 공모에 응모한 일도 있었다. 자세한 내용은 잊었지만 러브스토리였다. 무대는 도쿄 시부야다. 내가 만들어낸 가상의 젊은 남녀는 시부야 거리를 이곳저곳 뛰어다니다가, 마지막에는 비를 맞고 있었다. 나는 시부야에 가본 적도 없었다. 공모에는 당연히, 어림도 없었다.

그런 나날을 보내던 중 대지진이 일어났다. 1995년의 한신아와지 대지진°이다. 쾅 하는 밑으로부터의 강한 충격이 있고난 뒤 격렬하게 흔들려서, 순간 무슨 일이 일어났는지 몰랐다. 흔들림이 진정되어 전등을 켜려 했지만 정전이었다.

아직 날이 새기 전이었다. 전화도 연결되지 않는다. 손전등으로 방안을 비추어보니 박스형 책장과 참나무통 안에 있던 소품들이 바닥에 어지러이 흩어져 있었다.

본가는 괜찮을까. 책장과 장롱이 마구잡이로 들어찬 집이다. 놀람과 두려움으로 안절부절못하고 있는데, 현관문을 두드리는 소리가 났다. 내 이름을 부르는 사람이 있다. 엄마의 목소리였다. 문을 열자 엄마가 서 있었다. 앞머리에

○ 한신(오사카와 고베 사이 지역)과 아와지섬 부근에서 1995년 1월 17일 오전 5시 46분 발생한 진도 7.2의 대지진. 사망자가 6천여 명에 달했다.

헤어롤을 감은 채잖아, 생각했지만 말하지는 않았다. 불 꺼진 캄캄한 길을 쏜살같이 달려온 엄마다. 자신이 누군가의 소중한 사람임을, 젊은 시절의 나는 당연한 것으로 받아들였었다.

감기 걸린 날

감기로 앓아누웠다.

여유롭다. 침실에 텔레비전이 있었으면…… 하고 생각한다. 감기가 나으면 침실용으로 작은 텔레비전을 사러 가야지. 이렇게 결심한다. 하지만 건강해지더라도 사러 가지 않을 게 뻔하다.

애초에 침실용 소형 텔레비전보다 먼저 사야 할 물건이 있었다. 그것은 터무니없이 편리한 가전으로 우리 집에도 있었으면 좋겠다고 항상 생각하는 물건이다. 그 터무니없이 편리한 가전은 전자레인지다. 오래된 것을 버린 이래로,

있었으면 좋겠다는 생각만 한 지 이래저래 벌써 5년이다. 실행에 옮기지 않는 이유는 응당 있다. '귀찮아서다.'

전자레인지는 어느 정도 앞쪽에서 뒤 끝까지의 깊이가 있는데, 깊이가 있는 물건을 사려면 우선 줄자를 어딘가에서 구해와 설치할 장소의 사이즈를 재야만 한다. 가로, 세로, 높이. 최소한도 세 군데. 사이즈를 재고, 고르고, 사서, 상자를 열고, 상자를 접어, 월요일의 재활용 쓰레기로 낸다. 세탁기나 냉장고만큼 급하게 필요하지 않은 가전을 위해 여기저기 돌아다녀야만 하는 자신을 생각하면 깊은 한숨이 나온다. 이러니 침실용 텔레비전까지 사게 될 것 같지는 않았다.

침실에 텔레비전은 없다. 그것은 아마, 영원히 없겠지. 하릴없이 멀거니 천장을 바라보았다.

감기로 학교를 쉬던 날의 기억이 되살아난다. 시계를 올려다보며, 지금쯤 산수시간이겠지 또는 이제 슬슬 급식을 먹겠구나, 생각할 때의 내 기분. 사진을 찍은 것도, 녹음을 한 것도 아닌데 어째서 그때의 심정이 기억나는 것일까.

감기로 쉬지 않았다면, 평소대로 학교에 갔을 나. 그 '나'가 되었다고 가정하며 이불 속에 있는 일은 즐거웠다. 비어 있을 내 자리에 앉아 공상 속에서 급식을 먹었다.

어린 시절에는 감기로 앓아누웠을 때만 고급 아이스크림인 '레이디보덴LadyBorden'을 먹을 수 있었다. 퇴근길의 아빠는 멜론을 사 왔었다. 그 순간 나는 공동주택 단지의 아가씨였다.

하지만 어른이 되고 나서의 감기는 자면 나을 뿐이니. 어쩔 수 없이 꼼짝 않고 있긴 하지만, 게으름을 피우는 듯하여 아무래도 불안하다.

그 옛날 이솝우화가 충고해주지 않았는가. 베짱이는 부지런한 개미들처럼 겨울을 대비하지 않았다. 그 탓에 눈보라 속에서 개미집에 찾아가 먹을 음식을 부탁하며 머리를 조아렸다. 예전에 이 그림책을 갖고 있었다. 음식을 구걸하러 간 베짱이의 옷은 누더기로 그려져 있었다. 나는 그 그림을 볼 때마다 두려움에 떨었다. 노는 데만 정신이 팔리면 최후에는 곤욕을 치르는 거야…….

그때, 『주간문춘』 잡지에서 아가와 사와코 씨와 후쿠오카 신이치° 씨의 대담을 읽고 조금은 안심했었다. 이솝우화인 「개미와 베짱이」에 대해, '이 이야기는 참으로 개미와 베

○ 일본의 생물학자.

짱이의 본질을 이해하지 못하고 있다'는 후쿠오카 씨. 베짱이는 어차피 겨울을 넘기지 못하는 덧없는 목숨이란다. '따라서 향락적이어도 상관없습니다'라고 말했다. 덧붙이자면 부지런한 개미도 단명한다던가.

베짱이처럼 게으름을 피웠다고 걱정할 것이 아니라, 감기일 때 정도는 향락적으로 누워 있어도 괜찮겠지.

나는 안심하고 이불에 누워 추억의 뚜껑을 딸칵딸칵 계속 열었다.

만약에 내가 선생님이 된다면

"자신이 하는 말을 다른 사람이 가만히 들어준다는 그 두려움, 면목 없음, 미안함, 고마움, 기쁨, 불편함을 깨닫지 못하는 것은 늙었다는 증표다."

다나베 세이코 씨의 에세이집 『환승이 많은 여행』의 이 구절이 특히 생각나는 때는 나 자신이 인터뷰를 받고 있을 때다.

40대인 내가 늙었다는 말을 사용하기에는 아직 이르지만, 그렇더라도 업무 협의 자리에서 가장 연장자일 경우도 많았다.

홍이 올라 한창 이야기하다가 문득, 즐거운 이는 나뿐일지도 몰라…… 하면서 정신을 차리곤 하는데, 이것도 역시 첫머리의 다나베 씨 말이 떠올랐기 때문이었다.

인터뷰는 더욱더 그러하다. 대화와는 달리 나만 일방적으로 말하는 상황이다.

뭐라 하는 말인지.

그다지 재밌지도 않은 나의 이야기를 줄기차게 들려주고 말았다.

끝난 뒤에는 자책감이 일렁거리며 밀려온다. 견디다 못해, 귀갓길에 아~ 하고 혼자 신음하다가, 지나가는 사람이 깜짝 놀라기도 했었다.

초등학교 교실에서 손을 들어 자신의 의견을 말하는 반 친구가 눈부셨다.

"의견 있는 사람~?"

선생님이 물어도 내 손은 항상 무릎 위에서 떨어지질 않았다. 그런데도 말은 언제나 가슴속에서 흘러넘치는 듯했다. 그 결과 내 의견은 밤에, 이불로 들어가면서부터 머릿속에서 빙글빙글 돌며 발표된다.

나의 그 시절 꿈은 초등학교 선생님이었다. 만약 선생님이 된다면 손을 들지 못하는 아이의 의견도 전부 들어줘야지, 하면서 후끈 달아올랐었다. 동그라미와 엑스, 두 가지 팻말을 전체 학생의 책상에 준비하여, 그것을 올리고 내리면서 선생님에게 의견을 전달하는 방안을 꽤 구체적으로 이불 속에서 고안했다.

자신을 바꾸고 싶다고 몇 번이나 생각했을 것이다, 생각했지만, 그래 내일부터는 척척 내 의견을 말해야지, 이렇게 결심하지도 않았다. 갑자기 자신의 의견을 말하기 시작하는 나를, 반 친구들이 받아줄까? 어안이 벙벙해 있을 친구들의 얼굴이 눈앞에 아른거렸다.

손을 들 수 있는 나로 다시 출발하고 싶었다. 나는 초등학교 4학년 즈음에 이미 1학년생으로 돌아가고 싶다며 애통해했었다.

그러던 어느 날, 엄마의 직장까지 자전거로 따라간 일이 있었다. 차량 통행이 잦은 길을 달리기는 처음이어서 조마조마했다. 밤에 엄마에게 이야기하자, 그것을 작문으로 써서 학교에 가져가면 어떻겠냐고 했다.

"아이참, 숙제가 아닌데도?"

숙제가 아니어도 선생님은 읽어줄 거야,라는 엄마의 말을 듣고 글로 썼다. 써 가긴 했지만 그것을 선생님에게 건넬 즈음엔 심장이 튀어나올 정도로 긴장했다. 어떡하지, 언제

건넬까. 역시 그냥 관둘까, 하지만 모처럼 썼잖아. 고민 끝에, 아침에 선생님이 교실로 들어오기 직전을 겨냥했다. 아이들은 왁자지껄 떠들며 돌아다닌다. 혼잡을 틈타 건네는 작전이다. 나는 선생님을 불러 세우고는 숙제도 뭣도 아닌 작문을 건넸다. 마치 결투장 같다. 선생님은 순간 당황했지만, 하교할 때에는 간단한 감상을 붙여 돌려주었다. 당돌한 작문 제출은 그때 한 번뿐이었지만, 자신의 생각을 전달하는 데에는 이런 방법도 있음을 깨달았다.

철이, 메텔 재회!

설마 영화관에서 볼 수 있으리라고는 생각도 못 했다. 철이와 메텔을 스크린에서 재회할 수 있으리라고는.

미팅 후 돌아오는 길. 영화라도 보고 갈까 해서 카페에서 스마트폰을 보다가 〈은하철도999〉라는 제목이 눈에 꽂혔다. 그 명작 애니메이션이 메구로 시네마라는 영화관에서 일주일간 상영된다는 게 아닌가. 게다가 〈안녕 은하철도999〉와 동시상영이다.

상영은 다음 날부터였다. 간다, 반드시 간다. 두 편 다 본다.

〈은하철도999〉를 처음으로 봤던 때는 10대 초반. 영화관에서가 아니라 텔레비전이었다.

엄마의 원수를 갚기 위해 우주를 달리는 기차에 올라 여행을 떠나는 소년, 호시노 테츠로(이하 철이)°. 수수께끼의 미녀 메텔에게 이끌려 이 별, 저 별에서 인생이란 무엇인가를 생각한다.

어린 나의 가슴에 찌릿찌릿 전류가 흘렀다. 굉장한 영화를 보고 말았다! 그 후 '호시노 씨'라는 사람을 만나기만 해도, 왠지 부러웠다.

이제, 상영 첫날.

영화관에는 중년의 사람들이 우르르 있었다. 젊은 날에 철이와 함께 여행했던 세대임을 간파했다. 마치 소소한 동창회 같다. 호텔 연회장이 아닌 친근한 술집에서 개최된 듯한.

우선은 〈은하철도999〉부터. 영화가 시작되자마자 내 오른쪽 옆자리의 남성이, 또 그 오른쪽 옆자리에 있는 친구인 듯한 남성에게 "무슨 내용이었는지 기억이 잘 나지 않아"라고 속삭이는 목소리가 들렸다. 두 사람 손에는 칵테일 롱캔이. 흘러간 세월을 생각하니 이쪽까지 절절하다. 나도 꽤 잊

○ 星野鐵郎, 이름에 별(星)과 기차(鐵)가 들어있다. 한국에서의 이름은 철이다.

어버렸다.

　스크린에 철이가 목숨을 걸고 손에 넣은 기차표가 비춰졌다. 그래그래, 이거 이거.

　지구 – 안드로메다

　어마어마한 표구나. 그 당시에도 똑같이 감탄했던 기억이 떠오른다. 은하철도999의 표는 무기한으로 몇 번이고 사용할 수 있는 대단한 녀석이다. 일광사진°처럼 조금씩 기억이 떠올랐다.

　원수를 죽이고, 기계의 몸을 얻고, 동시에 영원한 생명도 얻는다. 이것이 철이가 추구하는 바다.

　하지만 여행을 계속하면서 다양한 인간 또는 기계 인간과 만나며, 그의 마음은 '영원한 생명' 앞에서 흔들린다. 어른이 되어서 봤지만, 내 마음도 흔들렸다.

　영화는 마침내 마지막 장면. 흐르는 음악은 물론 고다이고의 대히트곡 〈은하철도999〉다.

　눈물이 멈추지 않는다. 소녀 시절에 흘렸던 눈물과 똑같

ㅇ 그림이 반전 인쇄된 인화지에 햇빛을 쏘일수록, 그림이 선명해지는 변화를 이용한 완구.

은 성분이라 생각하니 아까워서 닦을 수가 없었다. 영화도 좋았지만, 변함없이 감동할 수 있었던 나 자신도 좋았다.

영화관 안이 밝아지고, 동시상영 전의 휴식 시간. 화장실에 가려고 통로를 걷는데, 중년여성이 홀로 눈물 어린 눈으로 앉아 있는 모습이 보였다. 손을 맞잡고 싶은 심정이었다.

상상놀이

이불 속에서 어린 시절에 종종 했던 놀이가 있다.

자신이 자는 위치를 거꾸로 뒤집기라는 내가 고안한 놀이다.

상상한다.

지금은, 벽 방향으로 머리가 있고 발 쪽에는 옷장이 있다. 그것을, 머리 방향에 옷장이 있다고 상상해보는 놀이다.

눈을 감은 채, 가능한 한 세밀하게 뒤집은 방의 모습을 떠올린다. 이쪽으로 머리가 있으니까 천정의 모습은 이런 느낌이겠지. 창문은 오른쪽으로 바뀌고, 벽에 걸린 시계는 왼쪽.

거꾸로 된 방이 머릿속에서 모두 완성되면, 번쩍하고 눈을 뜬다. 그리고는,

"와, 방이 거꾸로 되었네!"

사실은 원래 그대로지만 조금은 이상한 느낌을 맛볼 수 있었다.

나는 이 놀이를 어린 시절 고안하고는 '굉장하다!'고 생각했지만, 알아줄 것 같지 않아 가족에게도 친구들에게도 말하지 않았다.

작은 새처럼 보이는 낙엽이 있었다. 그것은 무엇이라 부르는 나뭇잎이었을까. 고향집 근처에 많이 있었다. 잎이 컸다고 기억하고 있지만, 내가 어린애였기 때문에 그렇게 보였을 수도 있다.

그 나무의 낙엽은 입체적이었다. 개똥지빠귀 정도 크기의 새가 지면으로 훨훨 내려앉은 모습이라고나 할까. 나는 마음속으로 '낙엽 작은 새'라고 불렀다. 낙엽 작은 새가 인도 위로 떨어진 모습은 떠들썩한 집회 같아서 굉장히 귀여웠다.

아이는 때때로 잔인하다. 나는 그 낙엽 작은 새들을 짓밟으며 다닌 적도 있었다. 낙엽들을 나쁜 녀석이라고 설정했

다면 또 모를까, 그들에게 잘못은 전혀 없었다. 하지만 그것을 에잇, 에잇 하면서 짓밟아 찌그러트리며 재미있어했다.

완전히 반대로, 어떤 때는 낙엽 작은 새들에게 다정하게 대했다.

차에 짓이겨지면 불쌍해…….

낙엽 작은 새를 한 마리 한 마리 주워서 길 양 끝으로 피난시켰다. 지나가다 이를 본 인근 아주머니에게서,

"청소해주는 거야? 고마워."

이런 말을 들은 순간부터 나는 동네 청소를 자진해서 하는 아이가 되어, 그것은 그것대로 기세가 올랐다.

이불 속에서 반대로 뒤집는 놀이 이야기로 돌아가면, 어른이 되어서 해보니 어릴 적보다 잘되었다. 상상하는 힘이 붙어 굉장히 실감났다.

어른의 현실적인 상상력에
행복지수 상승!

퀴즈 프로그램 보다가 상상

텔레비전을 보다가, 나 자신이 '정답'으로 나와 놀랐던 일이 있다.

잘 알려진 퀴즈 프로그램, '패널 퀴즈 어택25'°에서다. 상세한 문제 내용은 잊어버렸지만,

"그러니까 이 작가는 누구일까요?"

분명히 나다…….

'정답'이 된 나로서는 조마조마했다. 응답자는 네 명이다.

° 1975년부터 현재까지 방영 중인 아사히 방송의 시청자 참여 퀴즈 프로그램.

누구 한 사람 버튼을 눌러주지 않아도 섭섭하지만, 답변이 틀릴 경우 또한 섭섭하다. 그렇긴 해도 내가 누구와 헷갈렸을까, 이런 흥미도 없지는 않다. 그저 몇 초지만 인간은 여러 가지를 생각할 수 있는 존재다.

"마스다 미리!"

확실히, 오른쪽 끝자리에 앉은 여성이 정답을 맞췄다. 안심했다, 그리고 왈칵 진이 빠졌다.

아주 최근, 〈아사히신문〉의 「덴세이진고」°에서 내 이름을 발견했을 때 역시 깜짝 놀랐다. 불가사의한 일은, 수많은 글자가 빼곡한 신문에 실렸어도 자신의 이름은 두드러져 보인다는 점이다. 내가 쓴 에세이의 짤막한 인용이었지만, 다섯 번 정도 반복해서 읽고 또 읽었다.

나는 공상한다. 만난 적도 없는, 「덴세이진고」를 쓰는 사람.

그 사람은 당연한 일이지만 아사히신문 사옥에 있다. 어디에 있을까. 비밀의 방이다. 꼭대기 층 복도의 막다른 곳에 놓인 관엽식물. 그 뒤로 숨겨진 문을 열면 지붕창이 달린 작지만 밝은 방이 있다. 바닥에는 잔디가 깔렸고, 해먹이 걸려

○ 〈아사히신문〉에 1904년부터 장기 연재 중인 칼럼.

있다. 거기서 조용히 흔들거리는 사람이 「덴세이진고」를 쓴 그다. 시원한 마 소재의 셔츠를 걸치고서 눈을 감은 채 생각에 잠겨 있다.

"자, 오늘은 무엇을 쓸까."

어린 시절에는 어른도 공상하리라고는 생각지도 못했다. 어린이만이 지닌 '특권'인 듯 여겼었다.

하지만 공상에는 연령 제한이 없다. 그리고 그것은 어떠한 힘에 의해서도 빼앗길 리 없는 보물임이 분명했다.

이니셜 상상

지갑을 샀더니 무료로 이니셜을 새겨 넣을 수 있다고 했
다.

"와아, 무료?"

무심코 무료에 반응하다가, 아니지! 이곳은 도쿄였지 하
면서 냉정해진다.

도쿄에서 오사카 출신인 지인의 집에 처음으로 놀러갔을
때, 왠지 그립다고 느꼈던 점은 가격 알려주기였다.

그 사람 집에 있는 물건들, 이를테면 꽃병을 가리키며 "이
것 멋지네요"라고 내가 말하면 상대방은 "아, 그것, ○○엔",

"이 그림 좋은데요" 칭찬하면 "그건 ○○엔", 이런 식으로 묻지도 않았는데 나서서 가르쳐주었다. 오사카에 살 때는 나도 이런 식으로 생활했었는데, 그리웠다.

어째선지 오사카 사람들은 구매한 물건의 가격을 알려주는 일을 의무처럼 여기는 구석이 있다. 나로 말하면 실제 가격보다 '싸게' 알려주는 경향마저 있다.

"어머, 더 비싸 보여요!"

이렇게 칭찬받고 싶은 것이라면, 이것은 대체 어떤 욕구인 건지? 모르겠다. 도쿄에서는 다들 그다지 돈 이야기를 입에 올리지 않으니까 신경 써서 봉인했지만, 생각지도 않은 곳에서 '무료'가 등장하니 센서가 작동한 듯하다.

지갑에 무료 이니셜 각인. 꼭이요, 하면서 부탁한다.

알파벳은 세 문자까지 넣을 수 있다고 한다.

그렇다면 어떻게 하지. 참고로 ' · '도 한 문자로 센다. 내 경우, 마스다 미리니까 M · M이다. 옆으로 나열하면 왠지 삐죽삐죽해 보인다. 톱니 같다. 매장 여성에게 '톱 이야기'를 했더니,

"한 문자로 하시는 분도 계세요."

라고 조언한다. 그렇다면 M이지만, 어떨까, 사이즈 표기 같지는 않을까.

이니셜의 존재를 처음으로 안 것은 초등학교에서 로마자를 배웠을 때다. 이름을 또 하나 선물 받은 듯한 기분이었다.

당연하지만 반 친구들에게도 각자 이니셜이 있었다.

나는 모두의 이니셜을 확인했다. 좋아하는 남자와 똑같은 이니셜임을 알면 두근두근, 딱히 생각지 않던 남자와 똑같은 이니셜이어도 역시 두근두근했다. 이니셜에는 성별이 없었다.

지갑의 각인은 망설인 끝에 M으로 새겨 넣었다. 사이즈 표기 같긴 했지만 실제 사이즈인 L보다는 날씬하니까.

돌아오는 전철 안에서 알파벳 한 문자를 지갑에 새겼을 때 가장 멋있을 문자는 무엇일까를 생각해보았다. 세 가지로 압축되었다. G와 J와 P. P인 지인은 아직 없지만 언젠가 폴Paul이라는 사람을 만난다면 멋있어요,라고 말해주고 싶다.

회전초밥의 미래를 상상

제법 빠른 속도로 초밥이 지나갔다. 회전초밥집에서의
일이다.

해가 져서 더위가 누그러지기 시작할 무렵, 회전초밥을
먹으러 가게 되었다.

안내받은 자리에 앉는다.

좌석 머리 위로 터치패널이 있는데 화면에서 게임에 참
가할지 여부를 물었다.

"게임?"

일단 참가 문자를 눌러보았다. 아무래도 다섯 접시 먹을 때마다 경품이 걸리는 게임에 참가한 듯하다.

회전초밥이므로 물론 초밥은 계속 돌고 있다. 터치패널로 좋아하는 초밥을 주문할 수도 있다. 밥양을 적게도 설정할 수 있어서,

"두 배는 먹을 수 있겠는걸!"

이미 의욕 충만.

회전 레인은 위아래 2단으로 되어있었다.

터치패널로 주문한 초밥은 위쪽 레인으로 온다. 초밥이 담긴 접시는 좁고 긴 트레이(우리는 전차라고 부르기로 했다)에 올려져 휙~ 하고 적당한 속도로 등장하여 자리 앞에서 딱 멈춘다. 접시를 집어 들고 OK 버튼을 누르면 전차는 다시 힘차게 돌아간다.

"아, 방금, 가지 초밥을 태운 전차가 통과했습니다."

"모둠 튀김 통과. 꽤 맛있어 보입니다."

어딘가에 앉은 손님이 주문했을 초밥이 흘러가는 모습을 지켜보면서 먹는 초밥.

"지금 막 빙수, 통과했습니다!"

실황 중계를 하지 않아도 되지만, 나도 모르게 하고 싶어진다.

다 먹은 접시는 테이블에 있는 구멍으로 한 장 한 장 떨어

뜨리면 된다. 다섯 장이 계산되면 터치패널에서 게임이 시작되어, 당첨되면 경품이 든 캡슐이 데구루루 굴러 나오는 시스템이다. 한 번 경품이 나왔는데, 안에는 마스킹테이프가 들어 있었다.

이런 때, 나는 오늘 태어난 아기가 부러워 견딜 수가 없다. 그 아이는 내가 없는 미래에 어떤 참신한 회전초밥을 경험하게 될까.

하늘을 나는 초밥 접시가 집까지 와서 회전해줄까?

아니면, 접시가 아니라 인간이 날아와 초밥 주위를 회전할지도.

미래가 보고 싶다, 미래를 알고 싶다, 이런 식으로 상상한 회전초밥의 밤이었다.

미래의

회전초밥에 대해

생각하는 이 순간.

레스토랑의 미래를 상상

맨 앞의 메뉴로 '피크닉'이 적혀 있었다.

피크닉?

레스토랑 홈페이지를 바라보면서 고개를 갸우뚱거렸다. 무슨 말이지? 우리는 '피크닉'이라는 수수께끼를 풀기 위해 예약을 하고, 스마트폰 지도를 이리로 향했다 저리로 향했다 하면서 그 레스토랑으로 향했다. 이른바 여자 모임이 있던 날이다.

탁 트인 테라스에는 의자와 테이블이 있었다. 기다리는 공간인 듯했다. 앉아서 수다를 떨고 있으니, 안내를 맡은 점원이 다가왔다.

드디어 피크닉이 시작되는 건가.

따라간 옆방에는 몇 개의 탁자가 설치되어 있고, 그 위에 멋진 분재와 꽃이 놓여 있었다. 아무래도 이것으로 '숲'을 표현하는 듯했다.

숲에는 바구니가 놓였는데, 손가락으로 집어먹는 간단한 안줏거리가 들어 있었다. 스파클링 와인잔이 나오면 작은 숲에서 잠깐의 피크닉이 시작된다.

피크닉이 끝나자 2층으로 안내되었다. 레스토랑 공간은 착석형의 일반적인 스타일이었다. 다시금 모두가 건배하고 있으니, 갑자기 달걀 노른자가 나왔다. 각자의 앞에 놓인 스푼에 달랑 하나씩.

콩트라면 관객이 가볍게 웃었을 지점이다. 초등학생이라면 분명 폭소를 터뜨렸다. 하지만 이곳은 세련된 레스토랑. 잠자코 앉아 있었지만, 나는 이것을 요리로 인정할 만큼의 호인은 아니었다. 이것이 요리라면 껍질 벗긴 바나나도 이미 요리다.

그때 주사기 같은 것을 손에 든 점원이 다가왔다. 그 주사기에 든 트러플 소스를 노른자에 주입하는 것 아닌가.

슈욱.

노른자는 단숨에 갈색으로. 색이 변한 시점에 요리로 인정한 우리들. 점원이 시키는 대로 한입에 꿀꺽. 불과 5초 만에 뱃속으로 사라졌다. 그 후로도 이상한 요리가 등장했지만, 모두가 맨 처음 무심코 내뱉은 말은 "특이해~"였다.

마지막으로 서랍이 잔뜩 있는 상자가 나왔다. 이런저런 디저트가 들어 있었다.

어린 시절 상상했던 미래에는 차가 하늘을 날았다. 우주에 도달하는 엘리베이터도 있었다. 거기까지는 미치지 못했지만, 미래의 레스토랑은 그 시절의 상상을 한 단계 두 단계 넘어서고 있었다.

고안한 사람도
즐거웠으리라
생각합니다.

크레이프 굽는 열차카트를 상상

신칸센의 열차 판매 카트를 자신의 취향으로 물들이고 싶다는 꿈이 있다. 좋아하는 물건만으로 빽빽하게 진열된 카트다.

한정된 공간이다. 구색을 어떻게 갖출까. 뭐든 전부라고 말하지 못한다는 점이 고민이다.

우선, 좋아하는 음식인 과일 샌드위치는 빼놓을 수 없다. 생크림과 제철 과일을 듬뿍. 다른 간식도 먹고 싶으니, 두 조각 정도의 작은 봉지로 판매해주면 고맙겠다.

아메리칸 핫도그도 있을지 모른다. 카트에는 전용 보온

케이스가 달려 있으니까 영화관에서 먹을 법한 풍성한 팝콘이 나란히 있어도 좋겠다. 맛은 소금맛과 캐러멜맛을 반반씩. 좋아하는 영화 팸플릿을 끼워 넣는 건 어떨까. 가상의 영화여도 상관없음. 〈해리포터와 비밀의 신칸센〉이라든가? 신칸센에서 영화관 기분을 만끽하는 한때다.

즉석에서 만들어주는 간식은 너무 호화스러울까. 크레이프를 구워준다면…….

생각만으로 마음이 들뜬다. 카트 서랍을 잡아당기면 둥근 철판이 나오고, 그곳에 크레이프 반죽을 능숙하게 굽는 모습을 보면서 잠시 창밖의 후지산을 바라본다. 참고로 도쿄에서 본가가 있는 오사카로 향할 때는 오른쪽이 후지산이 보이는 자리다.

그렇다. 무엇을 숨기겠는가, 나는 녹아내린 치즈를 좋아했다. 치즈가 녹아내리는 것만으로 '과분해' 하면서 황송해하는 타입이다. 어쨌든 애니메이션 〈알프스의 소녀 하이디〉를 보며 '녹아내린 치즈'를 동경한 세대다. 나무젓가락으로 6P 치즈를 푹 찔러 등유 난로의 열로 녹였었다º. "언니, 아직이야?" 어린 여동생이 물으면 나는 대답이 궁했다. 난로

º 원형을 6등분 한 6P 치즈로 유명한 유키지루시(雪印)에서 애니메이션 하이디 캐릭터를 내세워, 꼬치에 끼운 치즈를 난로에 녹여 먹는 광고를 했었다.

의 열 정도로는 하이디의 치즈를 재현할 수 없었다. '녹아내린 치즈'를 어떻게든 열차카트에 추가할 수는 없을까. 식빵에 스르르~ 얹어주면, 와아아~ 즐거워하며 그것을 받아드는 자신을 떠올리는 것만으로 노곤해진다.

여행 도중 밥도 먹고 싶은 법이다. 간편하기는 주먹밥이지만, 여기서는 감히 볶음밥으로 하고 싶다. 이따금 괜스레 먹고 싶어지는 음식 중 하나다. 뜨거워야 좋다는 등의 사치스러운 소리가 아니다. 원래 차가운 볶음밥에는 차가운 나름의 맛이 있다. 녹아내린 치즈가 식어 딱딱해진 피자빵, 이런 음식도 제법 좋아하므로 이것도 이번 기회에 목록에 넣어야겠다.

자신만의 열차카트에 무엇을 담고 싶나요?

다양하게 나오겠지. 닭꼬치를 구웠으면 한다든가, 여름이라면 얼음을 갈아 달라든가. 이러니저러니 하면서 거대한 판매대가 완성될 듯싶다.

뜻밖의 단어를 만나면 하는 상상

"청새치를 탈수하여 햄 풍으로 마무리했습니다."

눈앞에 나온 접시를 우리들은 일제히 들여다본다. 우리들 여자 세 명은 예약한 레스토랑에서 점심을 먹기로 한 터다.

점원이 주방으로 사라지자,

"지금, 탈수라고 했지?"

"그래, 그랬어."

흰색 접시에는 다소 바삭거릴 듯한 청새치 토막이 가로놓여 있었다.

나는 청새치의 일생을 상상했다. 그런가, 탈수된 건가. 그들 또한 이러한 최후를 맞으리라고는 상상도 못했겠지. 솔직히 우리들 역시 놀랐다.

신경 쓰이는 부분은 탈수 방법이다. 설마 세탁기로? 아니야, 틀림없이 나 같은 생초보는 알 리도 없는 최신 조리기구로 수분을 날렸을 거야.

탈수를 했다면 다림질도 했을지 몰라.

"꽁치는 다림질해서 육포 풍으로 마무리했습니다."

이럴 수도 있다. 어쨌든 좀 맛있어 보인다.

그러고 보니, 다른 레스토랑에서 마지막으로 등장한 디저트에도 뜻밖의 단어가 들어 있었다.

"초콜릿 타르트를 재구축한 음식입니다."

재구축이라 했다. 재구축되었다는 초콜릿 타르트는 무스에 타르트 반죽을 찔러 넣었다는 참신한 건물, 아니 디저트였다.

요리 설명을 듣는 일은 즐겁다. 탈수든 재구축이든, 의외의 단어가 들어있으면 더욱더 즐겁다.

그러나 요리 설명을 어떤 표정으로 들어야 좋을지는 고민이다. 나는 지나치게 진지한 표정이어서 강의를 듣는 사람 같다. 가끔 '호오~'라든가 '네네' 하면서 작은 목소리로 추임새를 넣기는 하지만, 이 또한 강의를 듣는 사람 같다.

가끔 가짓수가 많은 전채요리 접시를 설명할 때, 첫 시작을 잘못해버리는 경우가 있다. "자기 앞 오른쪽부터 왼쪽으로 돌며 설명합니다" 이렇게 점원이 안내했음에도 불구하고, 처음 시작부터 자기 앞의 왼쪽 요리를 뚫어질 듯 쳐다본다. 설명이 조금씩 어긋나며 진행되다가, 도중에 "헐" 하면서 알아차리고는 따라잡는 형국이다.

레스토랑에 익숙한 사람들은 대체 어떤 느낌으로 요리의 설명을 들을까.

그것을 기둥 뒤에서 몰래 바라보는 문화학습 강좌가 있다면 좀 받아보고 싶다.

여행 선물을 받아들고 상상

여행을 떠난다. 여행의 절반 정도는 기념품점을 서성거리는 듯한 기분이다. 기념품점이 시야에 들어오면 안절부절못하고, 화장실을 참으며 집에 돌아온 사람처럼 앞으로 기우뚱해져서는 가게 안으로 들어간다.

기념품점에 기겁할 정도로 참신한 물건이 없다는 점은 알고 있다. 하지만 가게 안을 구석구석 확인하고 싶다. 미역이나 다시마 등이 놓인 건어물 선반, 도자기나 직물 등 장인의 기술이 담긴 선반, 냉장고와 냉동고의 내부. 현지에서 아침에 채취한 야채 판매대도 확인.

가장 즐거운 곳은 과자다. 기념 선물용 과자는 대부분 평범한 재료로 만들어진다. 밀가루, 설탕, 버터 등, 흔히 있는 식재료를 굽거나 튀긴다. 그것을 그 지방 특색의 모양으로 만들어 그 지방 특색의 이름을 붙인다. 그런 물건이다. 그렇기 때문에 "이런 평범한 재료로 용케도 잘!" 싶은 과자를 만났을 때의 기쁨은 한층 각별하다.

하마마쓰의 명과 '장어파이'는 그 대표 격이라 할 수 있다. 장어 가루가 들어 있음은 참신하지만, 말하자면 그냥 파이다.

하지만 황금색으로 빛나는 반짝거리는 표면과 예사롭지 않은 바삭바삭한 식감. 길이도 알맞지 않은가. 하나 드셔보세요, 해서 받았을 때도 무조건 득을 본 기분이다.

여행 중에 장어파이 공장을 견학하러 들른 적이 있었는데, 현재의 형태로 정착할 때까지 시행착오가 있었던 모양이다. 파이를 장어 꼬치구이와 비슷하게 꼬챙이에 꿰는 아이디어도 있어, 그 샘플도 전시되어 있었다. 파이를 꼬챙이에 꿰다니……. 얼마나 높은 수준에 도전하려 했던 것일까.

게다가 기쁘게도 장어파이는 가볍다. 나는 가볍고 맛있는 기념 선물을 무엇보다 좋아한다.

선물에는 인품이 드러난다. 이를테면, 친구와 만나 카페

에서 케이크를 먹으며,

"이기, 여행 선불."

내가 건네는 것은 '장어파이' 수준의 가벼운 선물뿐. 내가 들고 다닐 때 무겁지 않은 기준으로 선물을 고르기 때문에 매번 비슷한 선물이다.

하지만 그렇지 않은 사람도 있다. 카페에서 차를 마시고, 배도 꺼트릴 겸 한 정거장 걸어서 도착한 역의 개찰구. 헤어지기 직전에,

"미리야, 이거 여행 선물."

친구에게서 건네받은 것은 커다란 병에 든 잼이었다.

나는 나 자신의 그릇이 작다는 것보다 친구의 그릇이 크다는 데에 감동했다. 벽돌 한 개 정도로 무거운 잼을 계속 들고서 걸어 다닌 셈이다. "시식해봤는데 맛있었거든." 친구는 이렇게 말하지만, 나라면 "시식해봤는데 맛있었지만, 들고 가기 무거워 그만두었어"다.

여행 선물로 혼비백산했던 적도 있었다. 찻집에서 마주 앉았던 남성 편집자가 "여행 선물입니다" 하면서 덥수룩한 검은색 물건을 테이블 밑에서부터 꺼내 들었다.

앗, 머리털!?

인간은 순식간에 여러 가지를 생각할 수 있는 생물이기

에 '아냐 아냐, 머리털일 리는 없을 테고, 그럼 뭐지? 가발인가?' 하면서 그 덥수룩한 것에 얼어붙었다. 머리털 같던 그것은 말린 톳이었다. 아아– 톳, 기뻐요, 감사합니다, 하며 받았지만, 가발은 가발대로 재미있었던 상상이었다. 그것은 대체 어디 기념 선물이었더라. 무게가 가벼운 선물임은 확실했다.

오징어가 되었다

———

홋카이도의 하코다테 거리를 좋아한다. 원래 노면전차가 달리는 거리를 좋아하지만, 그중에서도 하코다테를 가장 좋아한다. 바다도 있다. 산도 있다. 하코다테산 전망대로 로프웨이를 타고 갈 수도 있다. 나는 로프웨이도 좋아한다.

여름에 하코다테에 갔다. 이것으로 나는 하코다테의 사계절을 제패했다. 운 좋게 '하코다테 항구 축제'가 열리고 있었는데, 첫날에는 불꽃놀이도 있었던 것 같지만 방문한 날은 축제의 후반이었다. 다른 어떤 행사가 있을까. 안내지에는 하코다테의 명물 '오징어춤'이라는 글자가.

오징어춤. 재미있을 것 같은 냄새가 물씬 난다. 이것은 꼭 봐야지. 개최날짜를 머리에 새기고서 회전초밥도, 회전하지 않는 초밥도 먹고, 롯카테이 카페°에서 핫케이크도 남김없이 먹었다.

물론 로프웨이도 탔다. 전망대 카페에서 달콤한 나나에산 사과주스를 마시면서, 저 거리도 걸었지, 저 근방에 스타벅스가 있었는데, 하면서 지도를 손가락으로 따라 그리듯이 시가지를 조망했다.

드디어 오징어춤이다. 포장마차가 늘어선 보행자 천국에서 춤이 시작되었다.

망루 주위를 빙 둘러싼 춤추는 사람들. 하얀색 겉옷은 오징어를 형상화했겠지.

두둥~둥. 복부를 쿵쿵 울리는 전주. 이어서 '하코다테 명물 오징어춤'과 젊은이의 청아한 노랫소리.

춤동작은 봉오도리보다도 간단하지만, 놀랍게도 '오징어회'나 '오징어젓갈'을 춤으로 표현한다.

"여러분들도 함께해요."

망루 위에서 관계자들이 관광객에게도 권유하고 있었다.

○ 홋카이도 지역 제과 브랜드로 관광명소이다.

처음에는 그저 보고만 있던 나였지만 모처럼이니 참여해볼까? 그런 생각이 들 정도로 여유로운 춤이었다.

춤을 춰보니 아니나 다를까 즐거웠다. 점점 유쾌해졌다. 양손을 크게 대각선으로 펼치는 '오징어소면' 포즈가 특히 맘에 들어, 어서 오징어소면 부분이 되었으면~ 하면서 춤을 추었다.

"언니, 춤 좀 가르쳐주세요."

원형 대열로 들어온 여자들이 말을 건다. 내가 지역 주민으로 보일 정도로 춤에 익숙해졌다는 의미 아닐까. 어쨌든 나의 오징어춤은 생기가 넘쳤나 보다.

"나도 처음이랍니다!"

우리는 잠시 오징어가 되어 춤을 추었다. 그녀들은 내 뒤로 줄지어서 춤추었다. 인생에서 오징어가 되는 날이 오리라고는 생각지도 못했다. 오징어가 된 나는 '언니'라고 말을 걸어와 기분이 좋아진 중년의 인간이기도 했다.

하코다테를

즐기는 방법.

오징어회

이것도
오징어회

사뿐

오징어
소면

엄마와 나와 아빠와

아빠의 자전거 색깔

————

그 자전거는 생각을 지녔다. 오른쪽으로 45도 비스듬한 방향으로 가려는 건 어쩔 수가 없다. 아빠의 자전거였다.

자동차 면허를 반납한 아빠는 전동 자전거를 애용했다. 고향집에서 근처 슈퍼에 가려고 내가 빌려 탔던 것은 이전의 낡은 자전거여서 상당히 덜컹거렸다. 아빠도 가끔 사용하는 듯하지만 이렇게 타기 어려운 자전거는 처음이다.

나는 엄마에게 말했다.

"자전거 살까?"

부모에게 자전거를 사드릴 날이 오리라고, 어린 시절의

내가 상상이나 했을까?

초등학생 때 맨 처음 샀던 자전거. 가족이 총출동하여 사러 갔다. 원했던 아마치 마리의 마리짱 자전거는 아니었지만, 자전거점 아주머니가 하얀색 페인트로 이름을 써주었을 때는 정말로 기뻤다. 내 전용 자전거였다.

그 시절, 자전거는 어른들이 사주는 물건이었다. 게다가 생일이나 크리스마스에 받을 법한 특별한 물건이었다.

시간이 흘러 슈퍼에서 돌아오는 길에 자전거를 살까, 하며 부모에게 의중을 묻게 된 나. 특별한 날도 뭣도 아닌 그냥 무더운 평일이었다.

엄마가 말했다.

"아직 탈 수 있어."

탈 수 있다.

탈 수 있지만, 그것은 자꾸만 오른쪽으로 45도 비스듬히 나가려 하는 무법자다.

다음날, 나는 내 멋대로 홈센터로 자전거를 사러 갔다. 낡은 자전거는 자신이 버려지리란 걸 아는 듯이, 점점 더 오른쪽으로 45도 비스듬히 나아갔다.

"노인에게는 24인치 정도가 편리합니다."

점원에게 조언을 들으며, 그런가, 내 부모님이 벌써 노인

이구나 싶었다.

적당한 가격의 24인치 크기는 공교롭게도 재고가 빨간색뿐이었다. 아빠에게 색상에 대한 고집이 있다고는 생각되지 않아, 괜찮습니다, 어떤 색이어도 괜찮습니다, 하고는 타고 돌아왔다. 하지만 그것이 아빠에게는 고난의 서막이었다.

도쿄로 돌아온 지 얼마 후 엄마로부터 전화가 왔다.

"재미있는 일이 있었어."

하고는 이미 폭소를 터뜨리는 엄마다.

아빠가 경찰에게 한두 번 불러 세워진 듯하다. 빨간 자전거를 타고 있으니 도난품은 아닌가 하여 조사받으신 모양이다. 그것에 박장대소하는 엄마는 대체 뭐지, 라는 생각이 안 든 건 아니지만, 딸인 나도 덩달아 웃고 말았다.

내가 어린 시절에 받았던 빨간 자전거는 나에게 사랑받았다. 귀여운 꽃 그림이 인쇄되어 있었다.

내가 아빠에게 사드린 빨간 자전거는 사랑받지 못했다. 사랑받지 못함을 넘어서 아빠는 화를 내며 결국 타지 않았다. 그러고 보니 오른쪽으로 45도 비스듬히 나가는 자전거는 어딘지 모르게 아빠와 닮았다는 생각이 들었다.

'잘 지내지?'라는
엄마가 보낸 메일에
'잘 지내요'라고
답신할 수 있는
행복을 생각한다.

엄마가 색깔을 표현할 때

무슨 색이라고 했지?

도쿄로 돌아오는 신칸센 안에서 나는 엄마가 말한 그 '색'
을 기억해내고자 했다.

애초에 왜 색 이야기를 했었지. 아, 후쓰마°다.

본가 거실의 후쓰마가 군데군데 찢어진 것은 3년 전부터
알고 있었다. 그렇더라도 나는 집을 나와 있으니, 부모님이
신경 쓰지 않으면 참견하지 말고 그대로 둬야겠다고 생각

○ 나무 등으로 만든 뼈대의 양면에 종이나 옷감을 붙인 일본식 창호의 일종.

했었다.

그 찢어진 부분에 셀로판테이프가 붙여져 있음을 알아차린 것은 대략 1년 전.

어라? 혹시 신경 쓰시나?

그리고 반년 전. 한술 더 떠, 그 위에 호빵맨 그림이 오려져서 붙어 있었다. 완전 신경 쓰고 있는 거 아닌가.

그래서 바로 요전 날 본가에 갔을 때,

"후쓰마 찢어진 곳 말야, 고칠까?"

제안해봤더니 엄마가 너무나 좋아한다.

나는 자전거로 홈센터까지 힘차게 달려가 후쓰마의 찢어진 부분에 붙일 시트를 구매. "이런 편리한 물건이 있었구나" 하며 감탄하는 엄마였다.

곧바로 벚꽃 모양의 시트를 붙여 봤더니 상태가 괜찮다. 눈을 약간 가늘게 뜨고 바라보면 새 후쓰마로 보이지 않을 까닭도 없다.

발동이 걸린 나는 텔레비전 받침대의 깔개를 가리키며 말했다.

"저 레이스도 깨끗하게 할까?"

엄마는 내가 "저 레이스……"라고 말하자마자 '부탁해!'라는 표정. 찢어진 후쓰마보다도 낡아서 거무스름해진 흰색 레이스 쪽이 더 마음에 걸렸던 모양이다.

엄마가 대뜸 "그런데 그거 이미 ○○ 색이 되어서……."

바로 이것이 내가 신칸센 안에서 기억해내려던 색의 이름이었다.

시나가와역에 도착하려는 찰나 간신히 떠올랐다. 조림 색°, 엄마는 이렇게 말했었다. 엄마의 입에서 의외의 단어가 나와 나는 엉겁결에 폭소를 터뜨렸다. 조림 색상의 레이스는 표백제를 써볼 것까지도 없이 쓰레기통으로 직행. 그 대신 새하얀 레이스로 바꿔 깔았다.

○ 연근조림 등과 같은 엷은 갈색. 50대 이상의 구세대가 주로 쓰는 말이다.

아빠가 없는 아버지의 날

슈퍼마켓 봉지를 손에 들고 걷는 해질녘.

곧 아버지의 날°이었다.

반년 전에 아빠를 잃은 나로서는, 내 아빠가 없는 첫 아버지의 날이었다.

이젠 아무것도 드리지 못하는 건가, 하면서 구둣집 앞을 지난다. 매일 아침 걷기를 거르지 않았던 아빠를 위해 가끔 워킹화를 선물했었다. 마지막으로 선물한 워킹화는 결국

○ 일본은 어머니의 날, 아버지의 날이 각각 있다. 아버지의 날은 6월 셋째 일요일이다.

새것 그대로다. 다시 건강해져서 이 신발을 신고 걷기를 해 주시면 좋을 텐데. 그렇게 생각하면서, 바라면서 문병 선물로 드렸었다.

책을 좋아했던 아빠. 호기심도 왕성했다. 함께 슈퍼에 갔다가,

"이 숫자는 뭐냐?"

우유팩에 인쇄된 3.7이나 3.8이라는 숫자를 앞에 두고 팔짱을 끼고 있기도 했었다. 생각해본 적도 없던 나는 그 당시 뭐라고 답했었을까.

"아무것도 보고, 듣고, 말해선 안 된다고."

여행 선물인 원숭이 장식품을 보더니 아빠가 이렇게 말했었다. 초등학생이었던 나는 감탄했다. 보지 않고 말하지 않고 듣지 않는 원숭이° 쪽이 아니라 아빠 쪽으로다. 갑자기 순간적으로 아빠의 내면을 보게 되어 아버지에게는 아버지의 생각이 있구나, 생각했었다.

그런 아빠다. 내 만화 원고료에도 흥미진진했던 모양이다.

"얼마 정도일까, 엄마와 얘기했단다."

본가에 갔을 때, 아빠는 넌~지시 화제를 꺼냈다. 아버지

° 눈 가린 원숭이, 귀 막은 원숭이, 입 막은 원숭이, 닛코에 있는 원숭이 세 마리 조각상이 전하는 처세술의 의미로 유명하다.

에게는 말하지 마. 나의 머릿속에서 종이 울렸다. 확실히 이곳저곳으로 퍼트릴 것이 뻔하다. 이처럼 식탁에서 무심히 주고받은 대화 정도에도 생각이 떠오르면 눈물이 치밀어 오른다.

아빠의 죽음은 아직 입에 담아 말하고 싶지 않았다. "부모님은 건강하시고?"라고 묻더라도 "네, 뭐" 하면서 어물쩍 넘기는 경우도 많다.

애도의 말을 들으면, 나는 어른이니 괜찮습니다, 이렇게 말해버린다. 아빠가 돌아가시고 아직 얼마 지나지 않았을 때, "아뇨 아뇨, 이젠 괜찮습니다"라며 만난 사람에게 웃음 지어 보였는데, 밤이 되자 나 자신이 심하게 상처 입었음을 깨달았다. 괜찮지 않은데 괜찮다고 말하고는, 자신의 말로 인해 괴로웠다.

아빠가 없는 세계를 나는 나의 시간 배분으로 받아들이며 가고 싶었다. 애초에 서두를 필요가 없는 일이다.

아빠, 곧 아버지의 날이 와요. 한신 타이거스° 올해의 성적은 내가 봐두었다가 알려줄게요. 하늘을 향해 말을 걸고 싶어진, 그런 초여름의 해질녘이었다.

○ 효고현 연고의 일본 프로야구 구단. 오사카 사람들이 열광적으로 응원하는 팀이다.

하늘이
있어
다행이야.

하늘이 없다면
어디를 봐야
좋을까?

가끔은
이런 생각이
든다.

서랍 속 아빠

가을 한밤중.

만화 원고를 작업하다가, 문득 '읽어볼까' 하는 생각이 들었다. 아빠의 수기다.

아빠에게서 그것을 건네받았던 것은 지금으로부터 16년 전. 여동생의 결혼식 전날 밤이었다.

400자 원고지로 열네 장. 아빠는 자신이 쓴 이 원고를 책자로 만들어 나와 여동생에게 한 부씩 주었다.

"감사합니다" 하면서 받았다.

하지만 나는 읽지 않았다. 읽지 않은 채로 16년이 흘렀다.

어차피, 분명 근사한 일들만 적어놓았겠지. 용서해주세요, 읽을 생각은 안 하고 서랍에 넣어두기만 했어요.

하지만 어느 날 밤, 갑자기 읽어볼 마음이 들었다.

수기는 이런 식으로 시작했다.

'인생의 다양한 장면에서 만세를 부를 만한 만남이 생기지만, 그중 상당수는 그때뿐인 만세다. 기쁜 나머지 감격에 겨워 만세를 외치는 일은 그다지 많지 않다. 이 적은 행운을 나는 지금까지 두 번 만났었다.'

이 '두 번'이 나와 여동생이 태어난 날이다.

내가 태어난 날. 오사카에도 눈이 내렸다고 한다. 이른 아침 인근 전화 부스에서 병원으로 전화를 걸어 딸의 탄생을 알았던 아빠. 이곳에서 "만세!"를 외쳤던 모양이다.

집에 전화가 없었나?

나는 이런 쪽으로 흥미가 솟는다. 더욱더 놀랐던 부분은 다음의 한 줄이었다.

"첫 대면, 코가 높은 아이구나. 이것이 첫인상이었다."

아버지…… 나중에 깨달았으리라 생각하지만, 나는 코가 낮다. 딸 바보네! 이런 생각이 들었지만, 첫 대면에서 그렇게 느껴준 것에 어째서인지 눈물이 쏟아졌다.

아빠의 수기는 당연하지만 아빠가 주인공이었다. 조금

이상한 기분이 들었다.

아빠는 틀림없이 나의 소감을 듣고 싶었을 것이다. 여하튼 열네 장의 대작이다.

하지만 그것을 내가 읽은 것은 16년 후로 아빠의 3년상을 맞이하기 며칠 전이었다.

살아계시는 동안에 읽었더라면 좋았을 것을, 이런 후회는 없다. 이러는 것 또한 아빠의 딸이기 때문이겠지.

안부 문자

  큰 요동으로 잠에서 깼다. 나는 이불 속에 누운 채, 꺅~ 소리를 냈다. 천정의 전등갓이 드릉드릉 흔들리며 당장이라도 날아가버릴 것 같았다. 오사카북부 지진° 때 마침 오사카 본가에 가 있었다.

  나는 흔들리는 전등갓을 바라보면서, 교통 시설이 당분간은 멈추겠구나 생각했다. 한신아와지 대지진, 동일본 대지진. 모두 오사카와 도쿄에서 경험했기에 이런 흔들림이

° 2018년 6월 18일 오전 8시경, 오사카 북부를 진원으로 발생한 진도 6.1의 지진.

예삿일은 아님을 알 수 있었다.

흔들림이 가라앉자, 별실에 있던 엄마의 고함소리.

"지진이닷!"

엉겁결에, "알아요!" 내가 세상 모르고 자고 있으리라 생각한 모양이었다.

다행히 집은 꽃병과 우산꽂이가 부서진 정도였다. 하지만 냉장고의 모든 문이 완전히 열려 있었다.

둘이서 뒷정리를 하고 있는데 현관 벨이 울렸다.

"욕조에 물 받아놓으세요."

이웃이 이 말을 전하며 돌고 있었다.

그랬다. 그랬었지 않은가. 과거에도 큰 지진 후에는 단수가 되었지 않은가. 황급히 욕조에 물을 채웠다. 얼마 안 있어 단수되었고, 다음 날 늦은 밤까지 이어졌다. 욕조 물 덕분에 집안 화장실 사용이 어느 정도 편했을 것이다.

그러고 보니, 지진 후 바로 엄마의 휴대폰으로 이웃이 보낸 메일이 도착하기 시작했다. 홀로 사시는 엄마의 상태를 확인하러 와주신 분도.

"무슨 일 생기면 뭐든 얘기해."

왔다가 돌아가는 아주머니들의 뒷모습을 배웅하면서 나는 불안해졌다.

도쿄에서 나는 친하게 지내는 이웃이 없었다. "덥네요"라며 인사하는 정도. 쓰레기 수거도 우리 동네는 각자 현관 앞에 내놓으면 되는 시스템이어서 쓰레기 당번도 없다. 이런 곳도 마음이 편해서 좋다며 살고 있지만, 엄마와 같은 생활 방식에 대한 동경도 있다.

도쿄로 돌아가면 우선 물을 사서 채워야지. 그렇게 생각하니 일단 안심이 되었다.

밤이 되니,

"고향집, 괜찮아?"

도쿄의 친구들로부터 메일이 스르륵. 고향집에 있다고는 알리지 않고 "괜찮아. 고마워." 답신했다.

단수일 때는
접시에
랩을 씌워
사용하면
좋아요.

호오ㅡ

무심코
기억해두었던
정보가
도움이 되었다.

○ 이 일기는 작가가 월간지 『문예춘추』의 「이 사람의 월간 일기」 2017년 7월호 기고 대상이 되어 썼던 5월의 일기입니다.

2017년

5월 1일 (월)

　밤길을 자전거로 달린다. 앞쪽 하늘에 초승달이 떠 있었다. 여느 때보다 노랗게 보였다. 달리는 앞으로 달이 있으니 좋다.

　"그러고 보니 달 같은 것, 꽤 오래 못 봤어."

　이런 말을 했던 사람이 있었다. 그게 누구였더라. 그 사람은 달뿐만 아니라, 가로수의 꽃이라든가 가정집 담벼락에 있는 고양이 같은 것도 어쩌면 꽤 오래 못 보지 않았을까.

5월 2일 (화)

도쿄부터 교토까지 신칸센. 졸음이 와서 좌석 시트를 뒤로 눕혔다.

옆은 남성. 보아하니 오십대 초반 정도. 그도 시트를 눕힌 채였다.

이 정도면 싱글침대로 붙어 자는 거리 아닌가? 하면서 깜짝 놀란다. 곰곰이 생각하니 이상한 상황이다. 하다못해 눕힌 시트의 각도만은 다르게 했다.

신칸센의 열차카트 판매. 카트의 상품을 찬찬히 들여다보고 싶다고 항상 생각한다. 커피를 사면서 힐끔힐끔 보긴 하지만, 전체 모습은 잘 모르겠다. 굳이 알고 싶지 않다는 생각도 든다. 그 혼란스러운 감정도 좋았다.

5월 3일 (수)

귀성 중에, 제방 위 노을을 바라본다. 건물이 늘어선 거리의 모습은 변해도 멀리 보이는 산맥은 변하지 않는다는, 그 점에 안도한다. 아름다운 노을을 앞에 두니, 오로라는 볼 수 없더라도 노을이 있어 다행이라는 기분이다.

몇 년 전엔가, 북유럽까지 오로라를 보러 간 적이 있었다. 오로라는 초반에 연기라 할까, 구름이라 할까, 하얗게 아른

아른했었다. 그러던 것이 시간이 지남에 따라 녹색띠 형상이 되어, 오로라다운 모습이 되었다.

5월 4일 (목)

나만의 궁극의 마쿠노우치 도시락°에 대해 생각한다. 마파 가지, 쓰바메그릴°°의 가리비 크림 고로케, 옛날 그대로의 나폴리탄°°°, 얇게 저며서 참깨를 듬뿍 뿌린 연근조림, 미니 옥수수튀김, 양파가 아삭아삭 씹히는 햄버거, 콜리플라워와 감자 카레 볶음, 오이 김치, 산초 주먹밥 등. 디저트로는 사바랭. 양주에 적신 스펀지케이크다. 과일이라면 복숭아나 멜론이나 거봉으로 해야지.

여러 가지가 있다. 좋은 것도 있고 나쁜 것도 있다. 나쁜 것의 감촉이 좋기 때문에, 나도 모르게 그만 계속 만져버린다. 그런 느낌이지 않을까.

° 흰쌀밥에 여러 반찬을 곁들인 오랜 전통을 가진 일본의 기본 도시락.
°° 1930년 창업하여 도쿄 긴자에 본점을 둔 유명 레스토랑.
°°° 세계대전 직후 미군 부대에서 나온 케첩과 소시지를 활용하여 일본에서 탄생한 일본식 토마토케첩 스파게티.

5월 5일 (금)

교토에서 신칸센을 탄다.

창 측에 앉았는데, 옆자리는 비었었다. 그런데 나고야부터 삼십대 남성이 승차하여 옆자리에 앉았다.

차 안을 둘러보니, 가까이에 2인 좌석이 비어 있었다. 나고야에서 아무도 앉지 않았으니, 이제 그곳은 도쿄까지 공석이다. 나라면 무조건 저 2인 좌석에 앉았을 텐데.

하지만 옆의 남성은 이동할 기미가 없다. 잠시 후 옆의 남성이 화장실에 갔다. 화장실에서 돌아오며 은근슬쩍 자리를 바꾸지 않을까 기대했지만, 아무런 망설임도 없이 돌아왔다. 그러고는 다시 스마트폰 게임에 열중.

내가 이동할까?

아니지, 창 측인 내가 자리를 이동하는 것은 부자연스럽고, 게다가 내 테이블 위는 캔맥주와 소금맛 칩스타로 어질러져 있다. 이런 상태라면 자리 이동에 어려움이 많아 단념했다.

5월 6일 (토)

위아래를 진으로 차려입은 긴 백발의 노인 남성이 앞에서 걷고 있었다.

상당히 눈에 띈다. 무엇보다 주변 풍경으로부터 붕 떠 있다. 보통내기가 아닌 분위기다. 로커가 된 신선 또는 신선이 된 로커라고나 할까.

앞쪽에서 한 무리의 가족이 다가왔다. 엇갈려 지날 때 유치원생 정도의 아이가 겁에 질린 듯이 그의 모습을 바라봤다. "지금 그 할아버지, 머리가 하얀데 길었어." 어머니에게 작은 목소리로 말하는 소리가 들렸다. "쉿-" 아이에게 주의를 주는가 싶더니, 어머니는 "멋진걸" 쾌활하게 말했다. 분명 좋은 아이로 자라겠지, 그런 생각이 들었다.

일주일에는 이름이 붙어 있다. 월화수목금토일. '오늘'에 이름이 있다는 사실이 갑자기 귀엽게 느껴졌다. 오늘은 토요일. 끝말잇기에서 '토'가 걸렸을 때, '토요일'이라는 답변이 멋지다고 생각한다.

5월 7일 (일)

용서할 수 없다,에 대해 생각한다. 그때의 그 일은 역시 용서할 수 없다고 생각하며 그 이유를 끝까지 파고들다 보면 점점 하찮은 일처럼 여겨진다.

하지만 하찮은 일로는 여기고 싶지 않다. 계속 화내고도 싶다. 내가 양보하고 납득할 수 있는 지점이 어디쯤인지 모르겠다. 결국엔 정말로 하찮은 일이 되어 버리겠지.

방 정리를 하다가 죽방울°이 나왔다. 죽방울에 능숙하진 않지만 서투르지도 않다. 훌쩍 올린 공을 찔러서 받는 것도. 세 번 중 두 번은 성공한다. 이 기술을 '도메켄'이라 부르는 듯하다.

죽방울을 할 때, 때때로 망상에 잠긴다.

여기는 어딘가의 해외로, 나는 혼자 여행 중이다. 현지 사람이 "일본인이라면 죽방울을 할 수 있겠죠?" 이런 내용으로 묻는다(외국어로). 나는 그에게서 죽방울을 받아 긴장한 모습으로 해보인다. 그리고 드디어 절정의 순간, '도메켄'이다. 한 번에 성공시켜 길거리에서 박수갈채를 받는 나……이런 망상에 잠긴 채 죽방울을 하면, 꽤 진지하게 놀 수 있다. 망상을 전혀 하지 않는 사람도 있을까.

5월 8일 (월)

역에서 집까지 가는 길에 있는 술집. 주변은 주택뿐이어서 그곳만 살짝 밝다.

유리창으로 가게 안을 들여다보는 버릇이 생겼다. 오늘

° 꼬챙이가 달린 장구 모양 나무토막에 공을 실로 연결하여, 공중으로 던져 올렸다 받았다 하며 노는 장난감.

도 발걸음은 멈추지 않은 채 힐끗 들여다보았다. 가게 주인과 손님들이 즐겁게 이야기하고 있었다. 자못 단골이라는 느낌이었다. 우리 집에서 가장 가까운 음식점인데도 가장 먼 가게처럼 느껴진다.

5월 9일 (화)

인터뷰를 받는다. 끝난 후에도 흥분된 기분이 가시지 않는다.

득의양양하게 말했던 것이 너무나 부끄럽다. 인터뷰 후에는 항상 자신이 속 좁게 느껴진다. 걷지 않고서는 견딜 수가 없어서 두 개 역을 걸었다.

밤, 꿈으로 시달린다. 단편적으로 남는 꿈의 영상. 딸기를 얇디얇게 슬라이스해서 그릴에 굽고 있었다.

5월 10일 (수)

밤, 코미디 공연 자리가 우연히 맨 앞줄의 정중앙이어서, 연기자와의 거리가 불과 1미터. 재미있는, 아니 굉장히 재미있는 쇼인데도 못 견디게 졸려서, 때때로 정신줄을 놓았다. 절대로 한눈팔 수 없는 자리라는 중압감 탓에 피곤했는지도 모르겠다.

깊은 밤, 걸어서 집으로. 어느 가정집 현관 앞의 화분. 그 집의 안쪽 모습까지 들여다보이는 듯했다.

5월 11일 (목)

오늘 새로 생겨난 감정이 우주라고 한다면 일기란 그중 한두 개의 행성을 촬영해서 보여줄 뿐이다.

5월 12일 (금)

레스토랑의 런치코스. 식후 디저트에 대한 점원의 설명이 충격적이었다.

"초콜릿 타르트를 재구축한 음식입니다."

네? 재구축? 눈앞에 놓인 디저트는 정말로 초콜릿 타르트의 재구축이었다. 재구축된 타르트를 포크와 스푼으로 파괴하면서 먹었다.

다양한 만남이 있다. 표면적으로만 교제하기에 아쉬운 사람이라면, 그와의 만남을 소중히 해야 한다.

5월 13일 (토)

전철. 탈 때까지 스마트폰을 보는 사람이 있다.

"이제, 적당히 하라고."

언젠가 무심코 내 입에서 튀어나오지는 않을까, 조마조마하다.

다채롭게 모아 심은 다육식물. 키운다고는 말할 수 없을 정도로 방치하고 있지만, 노란색 꽃이 피어 꼼짝 않고 웅크리고 앉아 언제까지고 바라보고 싶을 정도로 사랑스러웠다.

가장 좋아하는 꽃이 벚꽃이던가. 올해도 집 근처의 커다란 벚나무를 몇 번이나 보러 갔었다. 갑자기 바람이 강하게 불던 날의 해질녘, 꽃보라를 흠뻑 맞으려고 빠른 걸음으로 향했던 나무였다.

5월 14일 (일)

비둘기가 갑자기 날아올라, 남자아이가 놀라서 엄마에게 안겼다.

어린 시절, 비둘기 울음소리가 처음에는 어떤 소리인지 몰라 저녁때가 되자 공동주택의 창으로부터 확인한 일이 있었다.

분명 ○○소리임이 틀림없어.

이렇게 생각했던 일은 기억나지만, 그 ○○를 잊고 말았다. 15년 정도 전이라면 아직 기억하고 있었으리란 생각이

든다.

신문에 얼굴이 자주 실리는 사람들(정치인이나 평론가 등)
도 멋지게 또는 예쁘게 찍히면 마찬가지로 기쁠까?

밤. "사람은 점과 점의 만남이어도 좋다. 전체 모습을 철
저히 파악하는 수준의 만남이 아니어도 괜찮다."

다나베 세이코 씨의 에세이집 『환승이 많은 여행』의 한
구절을 마음 깊이 느끼며 읽는다.

5월 15일 (월)

아쉬웠다. 시부야의 넓은 영화관에서 관객이 나를 포함
해 세 명인 상황. 안의 두 사람은 노부부였으므로, 그들이
없었다면 나만의 전세였다. 아쉽다 아쉬워,라고 몇 번이나
생각한다.

영화는 최신작인 〈빨강머리 앤〉으로, 무라오카 하나코°
가 번역한 『빨강머리 앤』을 읽은 적이 없는 사람이라면 아
름다운 이야기로 보고 끝냈을 것이다. 무라오카 번역의 『빨
강머리 앤』만 아는 사람으로서는 기대한 장면이 예쁘게 꾸
며지거나 삭제되어서, 자신이 앤의 무엇을 좋아하는지를

○ 1950년대에 『빨강머리 앤』이라는 제목으로 아시아 최초로 번역. 10권 이상의 시리즈로 완역하
였다.

인식하기에 좋은 기회가 되었다.

과일 카페로 가서 망고 파르페를 먹으며 한가로이 독서. 화장실에 갈 때마다 다른 손님들이 "실례합니다" 말을 걸며 나를 점원으로 오인한다. 확실히 오늘의 내 옷은 이곳의 유니폼과 비슷했다.

5월 16일 (화)

일주일에 한 번인 영어회화 수업은 '주말에 뭘 했나?'라는 이야기 주제로부터 시작한다. 매번 선생님의 활동적인 주말이 눈부시다.

5월 17일 (수)

마음이 뒤틀린다. 이제 오늘은 누구의 메일도 읽고 싶지 않다는, 이런 날이 있어도 괜찮지 않을까.

저녁, 스마트폰을 놔두고 찻집으로.

딱 부러지지 않는 생각, 애초에 생각이란 딱 부러지는 것일까.

집에 오다가 100엔 균일매장을 구석구석 둘러보았다. 이것도 100엔? 와, 이것도? 둘러볼 때는, 이것 외에는 딴생각이 들지 않았음을 깨닫는다. 잠시 동안의 평온함이었던 것 같다.

5월 18일 (목)

심야 프로그램 '아메토크°'는 고교 시절에 유급을 경험했던 예능인들의 이야기였다. 유급 동지, 처음에는 쉬는 시간마다 모이지만 서서히 소원해져 간다,라는 이야기에 모두가 공감했다. 원래 특별히 친했던 것이 아니라, 공통점이 '유급'뿐이기 때문이라면서 웃으며 이야기하는 것이 좋았다. 당시에는 여러 가지 갈등이 있었으리라 생각한다.

내가 다녔던 고등학교에도 유급생이 드물지 않아, 1학년 때도 2학년 때도 3학년 때도 학급에 한두 명씩 있었다. 그들이 문득 생각나는 밤이었다.

5월 19일 (금)

옷가게에서 옷을 입어본다. 탈의실에서 나와 거울 앞에 선다.

"어떻습니까?"가 아니라, "괜찮습니까?"라고 판매원에게 묻는 나 자신이다. 이 옷, 내게는 너무 젊지 않을까요. 입어도 괜찮을까요? 이런 의미의 '괜찮다'이다.

예전이라면 종종 입었을 그런 옷은 무시한 채, 지금 어울

○ 아사히 방송의 예능인 토크쇼. 주제는 계속 바뀌는데, 이날 방영 주제가 '고등학교를 중복해서 다닌 예능인'이었다.

리는 옷을 찾는 초조함.

여름에는 겨드랑이의 땀 얼룩이 신경 쓰이기 때문에 결국 고른 옷은 흰색이나 검은색뿐이다.

"알겠습니다, 저도 그런걸요."

라는 판매원의 공감에 마음 든든했던 5월의 오후.

스쳐 지나간 외국인의 '액추얼리actually'라는 단어가 귀에 남는다. 두 번 연속으로 말했다. 무슨 의미였더라? 집에 돌아와 찾아보니, '사실은' 등의 의미였다.

5월 20일 (토)

빵집에서 거북이 멜론빵을 산다. 멜론빵을 거북이같이 만들었을 뿐, 맛은 보통의 멜론빵이다. 하지만 '얼굴'이 있는 탓에 여느 때보다 조심해서 입에 넣었다. 예전 우리 집 청소기에 수예점에서 찾아낸 인형용 눈을 달아봤더니, 그 순간 청소기의 '수고'가 느껴졌었다.

이웃 마을까지 걸어서 카레를 먹으러 가고, 또 걸어서 돌아온다.

밤의 주택가에서 기분이 잔잔해진다. 남의 집 텔레비전과 목욕물 소리. 희미한 가로등, 환한 가로등. 가만히 놓인 자전거들. 온갖 일이 일어나도 하루는 어김없이 저물어간다.

'좋은 사람'이 다정한 사람이라면 내게도 당연히 다정한 면이 있다. 있다! 많이 있다! 단언할 수 있다. 그 다정함을 스스로 헤적거려버리는 날도 있다.

5월 21일 (일)

다육식물 중 노란색 꽃은 아직 예쁘게 피어 있다.

'패널 퀴즈 어택25'를 본다. 응답자는 일반인으로, 오늘의 구성은 오십대 대회. 응답자석에 앉아 있는 남녀 네 명, 모두의 얼굴을 바라본다. 오십대. 나의 조금 뒤 모습이구나 하면서 진지하게 본다.

매일 이 일기의 원고를 쓰고 있으면, 내 안의 뭔가가 엷어지는 것 같다. 한 달이어서 다행이다. 더는 해서는 안 되리란 생각이다.

늦은 저녁식사 후, 새벽 세 시까지 선잠, 이후 아침까지 책상을 마주한다. 원고를 마무리짓고 욕조에 들어가 미니 캔맥주를 마신다.

잠자리에 들기 전, 베란다에 나가 하늘을 올려보았다. 어슴푸레한 아침 하늘에는 아직 달이 남아 있었다.

산 넘어 또 산이다. 하지만 괜찮다. 왜냐하면 나는 강한 사람이니까, 이렇게 생각하며 잠자리에 들었다.

5월 22일 (월)

지금, 눈에 보이는 세계. 빨래가 바람에 흔들린다. 그 안쪽으로 파란 하늘이 보인다. 책상 위에는 노트북, 산세이도 동의어 신사전, 스마트폰, 달력, 수첩, 자료, 푸딩 빈 병에 꽂힌 펜, 손전등 등.

밤, 수영장에서 걷는다. 압박해주기 때문이다. 수압에 기분이 좋아지는 것은 왜일까? 그러고 보니, 너무 가벼운 이불보다 다소 무게가 나가는 이불을 편안하게 느낀다. 왜지? 왜지? 왜지? 그러고는 팔을 크게 흔들며 성큼성큼 물속을 나아간다.

저녁식사인 일품요리가 아주 맛있었다. 르크루제 냄비에 올리브오일을 약간. 불을 켜기 전에 얇게 썬 돼지고기를 가지런히 넣고, 불을 켠다. 불을 켜고 나면 마음이 조급해지기 때문에, 언제나 냄비를 달구기 전에 재료를 먼저 넣는다. 이어서 소금후추. 돼지고기가 충분히 구워져 촤아악- 기름이 나오면 얇게 썬 야채를 듬뿍 넣는다. 오늘은 우엉, 새송이버섯, 참마. 전체적으로 가볍게 기름이 돌면, 따로 작은 냄비에 준비해둔 가다랑어 육수를 붓고 잠시 끓인다. 도중에 술과 간장을 넣어 간을 맞추고, 우엉의 식감이 기분 좋은 정도일 때 불을 꺼서 완성. 큰 그릇에 수북이 담아, 규슈 여행 선물로 받은 유자후추를 곁들였다.

5월 23일 (화)

그저께, 정확히는 어제 이른 아침에 완성한 소설에 대한 감상이 편집자로부터 도착. 기분이 밝아진다.

오후부터 본격 외출. 오랜만에 내려선 이케부쿠로역 지하는 역시 미로였다. 서점 카페에서 시베리아를 먹는다. 말할 것도 없이, 카스텔라에 양갱이 샌드된 과자다. 그렇긴 해도 꽤 멋진 이름°의 과자다. 다른 건 없을까, 멋진 이름의 음식. '구즈키리°°'가 멋지다고 생각한다.

저녁식사로는 탄탄면을 먹으러 갔다. 식당의 냉방장치가 작동하지 않아, 후덥지근한 가운데 먹는 탄탄면. 해외여행이라도 하는 듯한 현장감이 느껴진다.

돌아오는 길에는 바람이 강하게 불어, 가정집의 검은 정원수가 시원스레 흔들리는데, 아름답구나 생각한다. 초등학교 도서관에서 빌렸던 이야기 같은 밤이었다.

무슨 일에도 실수가 없는 사람에 관해 생각한다. 인생에

○   시베리아 이름의 유래는, 카스텔라가 빙원, 양갱이 시베리아 철도 선로라는 등 다양하다.
○○ 칡가루 반죽을 국수처럼 가늘게 잘라 당밀 등에 찍어 먹는 일본 간식. 구즈는 칡, 키리는 자르다라는 뜻이다.

필요한 요소를 차근차근 갖추어 사려 깊고 용의주도하니, 강수확률 20퍼센트에도 우산을 잊지 않고, 출세도 제대로 하겠지. 발목 잡히지 않도록 하늘을 날지도 모른다. 본 적 있는 듯하다. 날아가는 곳.

5월 24일 (수)

세탁한 담요를 벽장에 넣었다. "추워지면 또 만나!" 하면서 담요에 말을 걸어봤다가 침울해지고 말았다. 여름이 지나면 짧은 가을, 그리고 북풍의 계절. 겨울에 태어난 나는 당연하지만, 겨울에 나이를 먹는다.

저녁에는 영어회화 수업. 선생님은 여느 때처럼 활동적인 주말을 보낸 듯싶다. 오늘은 판매원과 손님이라는 설정으로 영어회화 수업. 손님 역할의 나는 다양한 물건을 샀다. 옷과 신발, 그 외에는 뭔가의 티켓. 가상의 레스토랑에도 갔다. 조금 세련된 느낌의 가게 같았다. 그곳에서 치킨샐러드와 수프를 주문하고, 다시 메뉴를 보면서 "이 스테이크는 어떤가요?"라고 묻는 것이 과제여서 물어도 보았다. 점원(선생님)은 "굉장히 맵지만, 이 식당의 인기상품이에요"라고 답했다. '사라다salad' 발음을 지적받았다. 사라다는 영어로 '샐러드'. 샐러드, 샐러드, 여러 차례 발음 연습. 일본의 사라다보다 센 듯한 발음으로 샐러드.

일기의 페이지도 얼마 남지 않았다.

일기는 초등학생 때부터 이십대 중반까지 늘 썼었다. 가까운 친구 같은 존재였다.

방금 막 편집자가 메일로 좋은 소식을 보내왔다. 좋은 밤이다.

아무 일도 없는
오늘은 좋은 날

공허한 날도

육교에서 하늘을 올려다본다. 시부야 위로도 당연하지만 밤하늘이 있었다. 환한 밤하늘이다°.

나는 공허했다. 이유를 말로 표현할 수 있다면 아마도 그것은 공허함이 아닐 것이다. 나는 그날 밤 확실히 공허했다. 하늘이 있어 정말로 다행이었다. 만약 하늘이 없었다면 사람은 공허할 때 어디를 봐야 하는 것일까?

일주일에 한 번 있는 영어회화 수업을 마치고, 여느 때라

° 시부야는 조명으로 번쩍거리는 화려한 번화가다.

면 카페에서 한숨 돌린 후 집에 가겠지만, 영화를 보러 가는 약속이 있었다. 3D 안경을 쓰고 보는, 굉장히 눈길을 끄는 영화다.

영화는 즐거웠다. 영화에 앞서, 가볍게 식사를 했다. 물론 그것도 즐겁다. 그런데도 멍하니 공허한 상태다.

직장생활을 하던 이십대 중반. 업무를 마치고 집으로 돌아오는 해질녘. 곧장 집으로 가고 싶지만, 어딘가에 가고 싶기도 한 기분.

그 당시에는 혼자 영화관에 들어가지도 못했다. 그래서 오사카 우메다에 있는 기노쿠니야 서점 안을 배회했다. 서점을 빙빙 돌다가, 근처 하겐다즈 매장에 들려 아이스크림을 먹었다. 선택한 아이스크림도 기억한다. 마카다미아 맛.

이십대 시절이 지나가는 시간에 대한 공포가 단연 더 강했다.

지금 꼭 해야만 하는 일이 있는 건 아닐까.

하지만 아무것도 없다. 내게는 퇴근길에 가고 싶은 곳도 없었다. 마음이 조급해서 여러 가지를 배우던 것도 그즈음이었다.

재봉을 배우러 다닌 적도 있었다. 잠자던 재능이 있을지도 모른다고 생각했다. 하지만 스커트 한 장 완성하지 못한 채 그만두고 말았다.

  조금 전까지의 영어회화를 떠올리며 나는 역까지 걸었다. 선생님은 친절한 젊은 여성이었다.

  "당신은 어떤 사람인가요?" 선생님이 이렇게 물어서 나는 더듬더듬 영어로 이야기했다.

  "나는 여행을 좋아합니다. 그리고 달콤한 음식을 좋아합니다. 가장 좋아하는 것은 쇼트케이크입니다. 또 내게는 오사카에 부모님이 계십니다."

  아빠는 돌아가셨으므로 사실이 아니었다. 하지만 뭐, 상관없다는 생각이다. 아빠가 살아있는 세계를 한 군데 정도 갖고 싶었다. 영어회화 수업을 받는 잠시 동안, 나의 아빠는 건강하게 밭에서 야채를 키우거나 역사소설을 읽기도 한다.

  영어는 그곳에 있는 것이 하나인지 여러 개인지에 굉장히 집착한다. 선생님은 내가 'a' 붙이기를 잊으면, 말하는 도중에라도 끼어들어 'a'를 붙여준다. '개수는 대강이어도 좋다'는 일본어와 다른 감각에 당황해하면서, 영어가 재미있다고 느낀 적도 있었다.

  그런데 공허함을 영어로는 뭐라 할까? 그건 그렇고 공허함은 무엇 때문에 있는 걸까? 기쁨이나 슬픔과 마찬가지로 그것은 사람이 기본적으로 갖고 있는 것이다. 틀림없이 필요하기 때문에 탑재되었을 것이다. 그렇다면 오늘 밤의 공허함도 어쩔 수 없는 일 아닌가.

영화는 굉장히 재미있었다. 돌아오는 전철에서 흔들릴 즈음에는 "아이스크림 사 가야지!" 하면서 명랑한 기분이 되었다.

더는 공허하지 않았다. 사라진 것은 아니고, 가슴속 상자에 담겼을 뿐. 분명 또 갑작스레 얼굴을 내밀겠지.

선택에 대처하는 어른의 자세

격려 간식을 사러 초콜릿 가게로. 가게 안에는 카페도 있었다. 쇼핑을 마치고 잠깐의 휴식.

"어서 오세요. 원하는 자리에 앉으세요."

이런 안내를 받아 자리를 정할 때까지의 수십 초는 시험받는 시간이기도 하다.

당신은 어디를 선택하겠는가?

라는 가게로부터 받는 질문.

비어 있는 자리 중에 가장 좋다고 여겨지는 자리를 가려내야만 한다.

정답은 어디!?

내 눈은 등대의 불빛처럼 가게 안을 빙 둘러본다.

저쪽 자리는 양옆이 커플이고, 안쪽 자리는 단체 손님으로 떠들썩하다. 차라리 카운터? 하지만 많이 걸었더니 발을 바닥에 딛고서 쉬고 싶다.

나는 입구 근처의 자리에 앉았다. 다소 어수선하지만 매장의 모습을 볼 수 있으니 즐겁다. 짧은 시간에 비교적 좋은 자리를 선택했다는 우쭐한 기분으로 핫초코를 주문. 하지만 곧 화장실 바로 옆임을 깨달았다. 아아, 당당하게 화장실 옆을 선택해버렸구나…….

선택하는 일의 어려움을 생각하면서 한편으로는, 내가 선택할 수 없는 일도 걱정하였다.

선택할 수 없는 일에 대한 걱정이란 이것이다.

가끔 신문이나 텔레비전에서도 볼 수 있는 이것. 미술관 등에서 몇만 명째인가의 관람객이 기념품을 선물 받는다. 나는 그 '몇만 명째인 사람'이 되고 싶지 않았다.

"제발 몇만 명째는 안 되도록."

전시회장 입구에서 이렇게 부탁한 적도 없는 건 아니지만 이것만은 어쩔 수가 없다.

그러나 희망은 아직 있다. 몇만 명째의 손님이 입구에 가까이 오면 관계자들 역시 평상심으로는 있을 수 없을 터다. 술렁이기도 하겠지. 혹은 천을 늘어뜨린 왜건(기념패가 숨겨져 있다)을 밀기 시작한다든가. 이것들을 재빠르게 알아차려 나는 내 신발 끈을 묶는 척하며 쭈그려 앉아야지. 그러고는 "먼저 가세요" 하면서 뒷사람에게 '몇만 명째인 사람'을 양도하는 작전인데, 잘될까.

되고 싶지 않다. 몇만 명째인 사람. 땅속 굼벵이처럼 조용히 살고 싶다.

그렇기는 하지만 주최측이 며칠 전부터 행사 준비를 했을 테니, 이것 역시 어른의 일이다. 몇만 명째인 사람이 되고 만다면, 그때는 운명을 받아들이고 만면에 미소를 띠며 바로 구슬 끈을 잡아당길 작정이다.

어느 날 갑자기 혼자서 노래방에

'1인 손님 대환영'이라는 간판 앞에 멈춰 선다. 환영한다고 하니 들어가보지 않을 수 없지.

혼자서 노래방은 처음이다.

그날 노래방에 갈 생각은 전혀 없었지만, 저녁, 슈퍼에서 돌아오며 노래방 앞을 지날 때 가끔은 부르고 싶다고 생각했었다. 게다가 '1인 손님 대환영'이란 간판이다.

접수할 때의 자신을 두 종류로 생각했다. 붙임성이 좋은 자신과 담담하게 넘어가는 자신. 노래방 계단을 오르면서 그곳 분위기를 보고 결정하기로 하고 문을 열었다.

접수처에는 젊은 여성이 한 명. "어서 오세요." 목소리가 담담했다. 담담을 넘어 이제는 무심한 것처럼도 보인다. 좋아, 좋지 않은가. 엄청 긴장하면서 "한 분이세요?" 묻길래 "나중에 한 명 옵니다!" 이렇게 무심코 말해버렸다. 결과적으로 나중에 한 명 온다고 말했음에도 아무도 오지 않은 불쌍한 사람이 되고 말았지만.

물 흐르듯 접수를 완료했다. 전달받은 번호인 5번방으로 전진한다. 엇갈려 지나는 사람은 없었다.

개인실 문을 닫았다. 그곳에 있던 것은 자유였다. 어떤 곡을 어떤 식으로 불러도 괜찮다. 단조롭게 읽어내리듯이 불러도, 소리 지르듯이 불러도. 아무도 의식하지 않아도 되는 그저 단순한 노래방이다.

우선은 연달아 유밍°의 노래를 세 곡. 굉장히 좋아하는 〈14번째 달〉, 〈달콤한 예감〉 그리고 〈저물어 가는 방〉.

그다음은 쿈쿈°°. 〈절반 소녀〉와 〈부드러운 비〉를 부르고, 스핏츠°°°의 〈단풍나무〉를 열창. 간주 사이에 뚝딱 곡을 예약하고 뚝딱 부른다. 가슴이 후련하다,란 이런 것을 말하는

°   마쓰토야 유미(옛 이름은 아라이 유미)의 애칭. 1954년생 일본 국민 여가수.
°°   고이즈미 쿄코의 애칭. 1966년생 여배우 겸 가수.
°°° Spitz, 일본 록 밴드.

구나 하면서 감탄한다. 노래를 부른다는 행위는 순수하게 즐거운 일이었다.

사람 앞에서 노래하는 일이 서투른 사람도 있다. 나는 괜찮은 편이지만 그 기분을 모르는 바도 아니다. 왜냐하면 나는 어릴 적부터 줄곧 자기소개가 서툴렀다. 막상 내 차례가 되면 손발이 떨리고 심장은 두근두근⋯⋯. 그렇다고 해서 사람과의 대화가 서투르지도 않다. 이것과 저것이 별개라는 점은 누구에게나 있는 법이어서, 사람 앞에서는 싫어하지만 노래하기는 좋아하는 사람도 있을 것이다. '1인 손님 대환영'은 당연히 그런 사람들 편인 셈이다.

5번방의 벽지는 그리스 거리의 사진이었다. 그리스의 푸른 하늘을 올려다보며 노래한 〈소년시대〉.

어쩌지⋯⋯. 너무나 즐겁다.

결국 혼자서 1시간 30분을 노래하고 돌아오는 길, 여전히 조그만 목소리로 노래를 이어갔다.

큰길에서
인적이 없는
골목길로
들어서면

노래를
시작한다.

크리스마스를 매달고 또 매달고 싶은 마음

크리스마스트리 장식을 마치고 불을 밝힌다.

어디 보자.

떨어져서 보니 장식품이 많아 우리 집 트리가 한쪽으로 쏠렸다. 잔뜩 매단 반짝거리는 볼이 트리 크기에 비해 너무 많은 탓이다. 게다가 자그마한 반짝이 볼도 달고, 멕시코 여행 선물로 받은 인형도 달고, 핀란드 여행 선물로 받은 오너먼트도 달고, 그밖에 뭔가 매달 것 없을까~ 하며 찾다가 핼러윈 호박을 발견, 하지만 잠시 고민하고는 역시 이것은 그만두었다.

트리를 장식하는 일은 즐겁다. 어린 시절에도 12월의 즐거움 중 하나였다.

벽장 위 선반에서 트리 상자를 꺼내어 열면, 접힌 트리, 장식 전구, 오너먼트 세트.

아이에게도 그리움이란 감정은 있다. 상자에는 작년의 공기가 들어 있는 것만 같았다.

이제부터 장식할 테니 두근두근 설레는 건 당연했지만 조금은 쓸쓸한 기분도 들었다. 장식 인형인 산타클로스와 천사들. 이런 어두운 곳에서 일 년이나 나갈 차례를 기다렸겠지. 게다가 아이 방의 벽장이다. 틀림없이 내가 다른 인형과 노는 목소리가 충분히 들렸을 텐데. 찔리는 마음으로 꺼냈었다.

지금의 우리 집 트리. 많은 양의 오너먼트를 달아놓고도 나의 '매달고 싶은 마음'은 전혀 수습되지 않는다. 오히려 더 심해졌다.

더 많이 매달고 싶다. 아아, 매달 테야, 매달래,

현관 앞에 놓인 올리브나무 화분으로 눈길이 쏠렸다.

원래 나는 쓸데없는 일을 하는 성격이었다. 고교 시절, 교복 상의 단추를 멋스럽게 하려고 수예점에서 좋아하는 단추를 사서 바꿔 단 일이 있었다. 등교하자 친구들은 폭소를 터뜨렸다. 그도 그럴 것이 그 단추는 팬시한 토끼 모양이었다.

아무래도 내가 무슨 일을 저질러버린 듯 싶었다. 하지만 다시 원래대로 되돌리면 자신의 실패를 인정하는 셈이니까……. 그때만은 학생지도 선생님이 나의 새로운 단추를 눈치채지 못했다. 선생님에게 주의를 받아 원래대로 되돌렸다는 그런 흐름으로도 가지 않아 한동안은 토끼로 밀고 나갔던 기억이 있다.

그런 경험을 떠올리며 크리스마스트리처럼 되어버린 현관 앞 올리브나무를 바라본다. 반짝거리는 볼을 열 개 달았다. 쓸데없는 일을 저질렀다는 느낌이 뿜어져 나왔다. 자세히 보니 가지에 커다란 애벌레까지 달라붙어 있었다. 멋지지는 않구나, 생각했다.

스마트폰 가게 청년과 기계치

    스마트폰을 새로운 기종으로 바꾸기로 했다. 나는 시무룩한 기분으로 가게에 갔다. 이제부터 '기계' 이야기가 시작된다고 생각하니 눈물이 나온다. 잘 모르기 때문이다.

    하지만 그렇더라도 가릴 때가 아니다. 지금 사용하는 기종이 너무 오래되어, 컴퓨터로부터 전송받은 파일이 열리지 않은 적도 많았다. 8년 가까이 사용하고 있으니 그도 그럴 것이다.

    시대는 퇴보하지 않는다. 앞으로도 최신 스마트폰 개발은 계속되겠지. 최신에 최신을 거듭한 끝에는 어떤 스마트폰이 기다리고 있을까. 충치 치료 정도는 해줄 것만 같다.

드디어 스마트폰 교체다.

낮에는 손님이 적을 듯해서 나가봤더니 가게 안은 그럭저럭 붐볐다. 가게에 있는 손님 중 즐거워 보이는 사람은 한 명도 없었다. 모두 골똘히 생각하는 듯한 표정으로 카운터에서 설명을 듣고 있다. 내게는 그렇게 보였다.

"어서 오세요."

젊은 남성 점원의 안내를 받아 자리에 앉았다. 아무래도 이 청년이 내 담당인 듯하다.

일단은 미안, 이렇게 생각한다.

기계치인 탓에 난감해져버릴 텐데.

하지만 청년은 공손히 질문에 답해준 데다가 도중에 취미인 댄스 이야기까지 해주었다.

"빙글빙글 도는 사람이요? 다치지 않도록 조심하세요."

그의 몸을 염려하면서 오늘부터 바로 사용할 수 있는 설정까지 해줄 수 있는지를 확인하고서, 어떤 것으로 할지 결정했다.

"저도 같은 것을 사용합니다."

청년은 주머니에서 자신의 스마트폰을 꺼냈다. 대기화면에 친구들과 까불며 떠드는 사진이 보였다. 파란 하늘이다.

바다에라도 갔던 것일까.

"우와, 즐거워 보여요."

내가 말하자 그는 멋쩍은 듯이 웃었다.

"매일 가게와 집을 왕복할 뿐이에요."

그가 언뜻 흘린 쓸쓸해 보이는 말이 가슴에 남았다. 그래서 대기화면의 사진을 보고 조금 안심이 되었다.

어른이니까 일해야 한다는 점이 시시하다고 생각하는 밤도 있을 것이다. 얼마 전까지 학생이었을 테니.

인사를 하고는 가게를 나섰다.

샀다. 새로운 스마트폰.

반짝반짝 빛난다. 그리고 척척 막힘이 없다. 이런 얄팍한 물건으로 전화가 된다는 사실에 가끔은 제대로 놀랄 테다! 이런 수수께끼 같은 맹세를 한다.

다음 날 가게 앞을 지나는데 정기휴일이었다. 지금쯤 빙글빙글 돌고 있으려나? 이런 생각을 하면서 자전거로 지나갔다.

슈퍼 울트라 착각의 시기

    큰 착각을 했던 것치고는 최근에야 알아차렸지만, 한동안은 잠자코 있었다. 시험 삼아 한두 명에게 말해봤더니 당연히 어이없어했다.

    비행기 구명조끼 얘기다. 객실 승무원이 이륙하기 전에 긴 빨대 같은 것으로 훅- 부풀리는 시늉을 하는 그 오렌지색 조끼. 물 위로 비행기가 불시착했을 때 필요한 튜브 역할을 하는 물건이다.

    나는 그것을 비행기가 추락했을 때를 위한 쿠션이라 믿어 의심치 않았었다. 따라서 줄곧 수수께끼였다. 이런 조끼로 괜찮을까? 미쉐린 캐릭터 정도로 부풀려지기를 바란다고는 말하지 못해도, 적어도 공기를 좀더 넣지 않으면 지면에서 튀어 오르기 어렵지는 않을까. 진심으로 걱정했었다.

고교야구에서의 착각도 있다.

시합 종료 후 투수가 가벼운 느낌으로 캐치볼을 하는 그 것. 틀림없이 매스컴용 포토 타임이라고 생각했다.

승리투수라면 또 모르겠지만, 진 팀의 투수까지도 울면서 포토 타임에 응한다.

어른들의 사정 때문에 그런 가혹한 일을……

분노마저 느꼈던 일이지만, 그것은 시합의 피로가 쌓이지 않도록 행하는 조치였다.

고구마 싹에도 독이 있다고 줄곧 생각했었다.

탕면은 훈탕면°의 줄임말이라고 생각했었다.

내가 모르는 나의 착각은 또 얼마나 있을까? 이제는 무서운 것을 도리어 보고 싶은 마음이어서 즐겁기까지 하다. 참고로 우리 엄마는 '물방울무늬'를 '물웅덩이 무늬'라고 했었다.

° 탕면은 국에 만 중국식 국수. 훈탕면은 중국식 만둣국이다.

항상 고개를 숙이고 걸으려고요

걷다가 앞에 떨어진 물건을 발견하면 살짝 두근거린다.

뭘까? 장갑? 예상대로 장갑인 적도 있지만, 양말일 때도 있다. 양말. 어째서 여기에. 맨션 베란다에서 날아왔을까. 아니면 목욕탕에서 돌아오던 사람이 모르고 떨어뜨렸을까.

어떤 때에는 뭉실뭉실한 것이 떨어져 있었다. 아마 아니리라 생각은 하지만 어쩌면 도망 나온 작은 토끼일지도? 이렇게 생각하며 가까이 갔다. 작은 토끼라면 즐거울 텐데! 라고 생각하면서도 한편으론, 만약 그렇다면 어떻게 해야 하지, 그런 불안감을 안은 채 접근. 작은 토끼는 아니었다.

젊은 여성들이 가방에 달곤 하는 키홀더였다. 이걸 뭐라고 하더라. 컴퓨터로 검색해보니 '퍼참' 또는 '봉봉참°' '복슬복슬 키홀더' 등 애매한 명칭으로 불리는 듯했다.

장갑과 양말, 귀걸이 등, 세트로 사용하는 물건의 한쪽이 떨어져 있으면 안타깝다. 떨어뜨린 주인도 딱하지만, 따로 헤어져버린 그들에게 그만 감정이입이 되고 만다.

불쌍해. 그들은 서로 두 번 다시 못 만나겠지.

떨어진 물건 이야기를 곱씹으며 조용히 지나쳐간다. 어른이란 어떤 생각을 하는 걸까, 어린 시절에 가끔 이런 상상을 했었지만, 이 정도의 생각이었다.

회사원이던 이십대 초반 무렵. 친구들과 모여 술집에 갔다.

그 자리에 처음 참석하는 청년이 다가왔다.

"나, 당신 알아요!"

그는 나를 보며 말했다. 나는 그를 알지 못했다. 들어보니, 출근길에 매일 아침 스쳐 지났다고 한다. 역 이름을 들으니 맞았지만, 애초에 오사카 중심부다. 그런 인파 속에서 눈에 띄는 외모도 아닌 나를 어째서 기억하고 있을까.

○ 참(charm, 매력)을 이용한 일본식 합성어. 털 뭉치 모양의 장식품이다.

"항상 고개를 숙이고 걷는구나, 생각했어요." 그가 말했다.

나는 옛날부터 고개를 숙이고 걸었던 것 같다. 고개를 숙이고 걷기 때문에 떨어진 물건을 알아차리곤 한다.

오래전 대나무 숲에서 1억 엔을 주운 사람의 뉴스를 텔레비전으로 보다가 식사 중이던 아빠가 말했었다.

"멍하니 걸었더라면 1억 엔은 줍지 못했을 거야. 떨어진 게 있을지도 모른다고 생각하며 걷는 사람만이 주울 수 있는 거라고."

아빠의 의견에 감탄했다. 하지만 그렇게 말하는 아빠는 줍기는커녕 시계라든가 안경이라든가 이런저런 물건을 잃어버리며 살아왔다.

나는 고개를 숙이고 걸으며 살아가지만 멍하니 걷는다. 큰돈은 내 앞사람이 줍고 나는 그 사람이 떨어뜨린 뭉실뭉실한 키홀더를 발견하게 되겠지.

나와 닮은 사람을 추가한 날

친구와 도쿄의 이름난 정원인 리쿠기엔의 단풍을 보고 돌아오다가 도쿄돔시티에 들러보기로 했다.

도쿄돔시티는 도쿄돔은 물론이고 쇼핑몰, 온천시설, 유원지까지 갖추고 있다.

귀신의 집도 있었다. 생생한 귀신의 집이다. 주제는 '불륜.' 위태로운 냄새가 난다.

요코라는 귀신이 메인 캐릭터인 듯하지만, 실제로 그녀는 전혀 악하지 않다. 악한 것은 요코 씨의 남편이었다. 요코 씨 남편은 불륜 끝에 요코 씨를 방해물로 여겼다. 우선은 터놓고 이야기하자고 누구라도 생각할 상황이지만, 남편은 요코 씨의 화장 분가루에 독나방 가루를 섞는 이상야릇한 행동을 한다. 아무것도 모르는 요코 씨는 그 분가루를 계속 사용하다가 얼굴이 짓물러지고, 급기야는 남편과 그 애인에게 맞아서 죽임을 당한다…….

그런 경위를 파악한 다음 입장하는 귀신의 집이다. 아이를 데리고 한 가족이 들어갔다. 초등학생인 아들과 아버지 조합도 있다. 이들 사이에 무슨 이야기가 오갔을까.

티켓을 사서 우리는 입구로 갔다. 아름다운 단풍에서 완전히 바뀌어, 귀신의 집. 나의 뇌가 이런 상황을 따라갈 수 있을까.

"한 가지만 해주셨으면 합니다."

담당자가 요청한다. 요코 씨의 얼굴에 약을 발라달라는 부탁이다. 그녀의 얼굴은 독나방 가루 탓에 심각한 상태다. 그 치료를 손님인 우리에게 맡겼다.

무대가 된 장소는 요코 씨가 살해된 집이었다.

벨을 누르고 현관으로 들어간다. 쇼와°의 향취를 풍기는 이소노 씨네 집°°과 같은 일본 가옥이다. 복도가 있고 응접실도 있다. 세트장이 너무나 현실적이다. 벌써 그만두고 싶다. 맨 처음에 신발을 벗기 때문에 진짜로 남의 집에 들어가는 듯한 기분이다.

아무도 없다. 아무 일도 일어나지 않는다. 그것이 더 무섭다. 우리는 이 방에서 저 방으로 서서히 나아갔다.

조금 있으니 요코 씨가 종종걸음으로 다가와 놀래키기 시작했다. 요코 씨는 설정상 가엾은 사람이다! 꺄아악, 이런 소리를 내서 미안. 마음속으로 요코 씨에게 사죄하면서 도망치려고 우왕좌왕한다.

피투성이인 사건 현장도 보인다. 하지만 되돌아갈 수 없다. 한번 안으로 들어가면 끝까지 가는 것 말고는 길이 없다.

마침내 어떤 방에 겨우겨우 도달했다. 책상 앞에서 자신의 사진을 바라보는 요코 씨가 있었다. 약을 발라줄 대상은 이 방의 요코 씨다. 부디 다른 요코 씨와 혼동하지 말아 달라고 담당자에게 몇 번이나 거듭 다짐을 받았다. '책상 앞에서 자신의 사진을 보고 있는 요코 씨'에게 어떤 특수 장치가 있음이 쿵쿵 전해져 왔기 때문에 우리는 그녀와 반드시 접촉해야만 했다……

○　　쇼와(昭和) 시대는 1926〜1989년이다.
○○　1969년부터 지금까지 방영중인 일본 최장수 국민 애니메이션 〈사자에 씨〉에서 사자에 씨가
　　　거주하고 있는 친가. 기와지붕의 서민적인 단독주택이다.

약이 놓여 있었다. 부탁받은 대로 요코 씨의 왼쪽 뺨에 발라주었다. 아니나 다를까, 무슨 일인가가 일어났다.

그보다 내게는 마음에 걸리는 일이 따로 있었다. 요코 씨가 들여다보던 책상 위의 사진이다. 그녀는 독나방에 감염되지 않은 시절의 자기 사진을 슬프게 바라보고 있었다. 애달픈 장면이다.

지금까지 요코 씨는 인형이었지만, 소품으로 사용되는 사진 속 요코 씨는 사람인 듯한 실제였다. 나와 닮았다는 얘기가 나왔다. 확실히 비슷했다. 몇 년 전 갱신한 면허증 사진 속 나와 꼭 닮았다.

이 세상에는 자신과 닮은 사람이 세 사람 있다고 한다. 나는 이제 '요코 씨의 사진'도 그중 하나로 꼽아야만 하는 것일까.

요코 씨는 이미 통제불능이었다. 약을 발라주었지만, 그 뒤로도 집요하게 괴롭혀왔다. 얘기가 틀리잖아, 요코 씨.

20분 가량 걸었을까, 길고 긴 귀신의 집이었다.

요코 씨는 바빠 보였고, 기분 탓인지 생기가 넘쳤다.

지친 날이면

나폴리탄이 먹고 싶다.

왠지 괜히 먹고 싶다.

너무나 먹고 싶다.

이렇게 생각하면서 걷고 있는데, 양식집 같은 외관의 가게가 앞에 보였다. 앞으로 넘어질 듯이 서둘러 갔더니 진열장에 나폴리탄 모형이 당당하게 있었다.

평일 오후 4시가 넘은 시각. 손님은 드문드문 있었다. 창가 카운터 자리에 앉는다.

물을 가져다준 점원이,

"결정되시면……."

이라고 말하는 와중에

"아, 나폴리탄 부탁합니다."

말을 받아치듯이 주문했다.

내 손바닥을 바라보면서 그저 나폴리탄을 기다렸다. 나는 심신이 모두 지쳐 있었다. 지친 상태에 열 단계가 있다면, 그중 아홉 정도로 피곤했다.

세상에는 다른 사람 앞에서 지친 표정을 짓는 사람과 그러지 못하는 사람이 있다. 나는 그러지 못한다. 지친 표정을 짓는 사람을 앞에 두고 안절부절못하다가, 점점 더 지치는 파다. 이 파벌이야말로 여기 일본에서는 꽤 큰 파벌이지 않을까.

지친 표정을 짓지 못하는 이유는 무엇일까. 지친 표정을 지으면 상대방을 신경 쓰이게 할 테니까, 이런 것이겠지. 불편한 사람으로 여겨지고 싶지 않은 마음도 있다. 다시 말하면 지친 표정을 짓는 사람은 남이 신경 쓰든 말든 개의치 않겠다는 것이다. "차라리 신경 쓰라고. 불편한 사람이라고 해도 좋아!" 이 정도의 넉살을 지녔다고도 할 수 있다. 안절부절 파인 나는 지친 표정도 짓지 못한 채로 완전히 지쳐버리고, 넉살좋은 파는 지친 표정을 하고서 유들유들하다. 부러울 따름이다.

나폴리탄을 기다리는 나의 모습은 상당히 어두웠을 것이다.

스마트폰 세상이다. 가게에 들어와 자리에 앉아 그저 자신의 손바닥을 바라볼 뿐인 사람은 거의 없다. 생각해보니 스마트폰이나 컴퓨터가 없던 시절에 사람들은 의외로 자신의 손을 자주 보지 않았을까.

잠시 후 김이 모락모락 나는 나폴리탄이 나왔다. 포크로 둘둘 감아서는 입을 크게 벌리고 볼이 미어지도록 입에 넣는다.

새콤달콤한 토마토 맛이 서서히 입안에서 퍼졌다.

"맛있어~"

나 자신에게 말한다(머릿속으로). 중간중간 치즈 가루와 타바스코를 듬뿍 뿌리며 활기차게 먹었다.

마지막에 종이 냅킨으로 입 주위를 닦으니 기분 좋을 정도의 오렌지색.

이것을 액자에 넣어 장식한다면 제목은 '피곤이 조금 사라졌다.'

더 좋은 제목은 떠오르지 않는다.

더불어 입술의 립스틱도 완전히 사라졌다. 하지만 고쳐 바르지 않고 가게를 나섰다.

눈에 익숙한
나의 손

눈에
익숙하기 때문에
마음이 놓인다.

애플파이에 하이볼 인생

피로가 쌓였다.

그래서 일을 마치고 돌아오며 조금 멀리 돌아 달콤한 음식을 먹으러 가기로 했다.

소중히 마음에 담아둔 귀여운 찻집이다.

소중히 마음에 담아두었기에 친구들에게도 비밀이다. 지쳤을 때 달려가는 비밀기지이기도 했다.

내가 매번 먹는 음식은 애플파이. 생크림이 듬뿍 딸려 나온다.

주문은 정해져 있지만, 메뉴판도 일종의 즐거운 읽을거

리. 페이지를 넘기며 황홀경에 빠져서는 꼼꼼히 읽는다.

자 이제 슬슬 주문을. 실례합니다~ 주문할게요~

"애플파이와……."

언제나 뜨거운 커피였지만, 나는 문득 마시자고 생각했다. 술이다.

메뉴 마지막 장 맨 끝에 술이 실려 있음은 전부터 알고 있었다.

이런 소녀다운 가게에서 왜?

줄곧 이상하다고 여겼지만, 오늘에야 알았다. 찻집에서 술 마시고 싶은 날 또한 어른에게는 있는 법이었다.

"애플파이와 그리고…… 하이볼° 주세요."

점원은 순간, 어머나 하는 듯한 동작을 취했지만, 바로 웃는 얼굴로 "알겠습니다."

찻집 창으로 봄의 저녁 햇살이 비춰 들어왔다. 가게 전체가 짙은 오렌지색으로 물들어 울고 싶을 정도로 아름다웠다.

잠시 후 애플파이와 하이볼이 나왔다. 나는 마시면 바로 얼굴에 나타나지만, 걱정 마 걱정 마, 꽃가루 알레르기 때문

○ 위스키나 브랜디에 소다수를 넣고 얼음을 띄운 음료.

에 챙긴 마스크가 있잖아.

저녁 햇살도 함께 맛보면서 애플파이에 하이볼.

여러 가지 일이 일어난다. 그때마다 마음이 흔들린다. 5년 후의 자신을 만나러 갈 수 있다면 정답을 들을 수 있을 텐데. 생각해보니 내게는 지금의 나뿐이었다.

가게를 나와 살짝 취해 거리를 걷는다. 오늘은 이제 집에 가서도 일은 그만해야지. 그렇지, 봄 신발이라도 사러 가자!

나는 백화점 신발매장으로 직행했다. 이것저것 신어보는데 지금까지의 인생에서 맛본 적 없을 정도로 강렬하게, 발에 쥐가 났다.

"아아아아아아파."

"괜찮으세요?!"

점원들이 야단이다. 내 발을 주물러주던 점원을 향해

"부탁이에요, 제발 만지지 말아주세요……."

숨이 끊어질 듯 간청한다. 인생이란 정말 가지가지구나 하면서 나는 웅크리고 앉았다.

부탁이에요.

아무 일도 없는 오늘은 좋은 날

컴퓨터를 하다가 강렬한 졸음이 몰려왔다. 이럴 때는 일단 잔다. 읽던 책을 손에 들고 이불 속으로 들어가자마자 5분도 채 지나지 않아 잠이 들었다.

잠이 깼다.

시계를 보니 저녁 8시가 넘었다. 딱 두 시간 동안의 낮잠이랄까, 아니 저녁잠이다.

가만히 누워 '오늘'의 사용법을 생각해보았다. 나의 오늘이 끝날 때까지 앞으로 네 시간 남았다.

다시 컴퓨터를 하다가 저녁밥을 먹을까, 아니면 이불 속에 있는 채로 책을 이어 읽다가 저녁밥을 먹을까.

냉장고에 있는 음식으로도 충분하지만 집 밖으로 나가고 싶은 마음도 있다. 자전거로 슈퍼에 갔다가, 돌아오는 길에 도토루에서 차를 마셔도 좋다.

마음을 정하고는 머리맡 스마트폰으로 영화를 검색했다.

보고 싶던 영화의 최종 상영은 9시 30분부터였다. 아직 충분. 시간에 맞출 수 있다.

좋았어, 영화를 보자.

천천히 일어나 척척 준비. 코트 주머니에 지갑과 스마트폰을 넣고, 울 머플러를 칭칭 감았다. 가방은 들지 않고 빈 손으로. 팔을 크게 흔들며 역까지 걷기 시작했다.

겨울 분위기다.

어린 시절에 읽은 그림책으로 『열두 달의 선물』이라는 슬로바키아 민화가 있었다. 숲에서 헤매던 소녀가 열두 명의 달의 정령과 만난다는 이야기였다. 봄의 정령은 아름다운 젊은이들, 추워질수록 나이가 많아져 겨울의 달은 할아버지들.

그렇다면 지금의 나는 어느 달의 정령?

어느 달이어도 상관없다고 생각하며 내키는 대로 걷는다.

건다보니 새집에 불이 켜져 있었다. 빨래가 널려 있다. 어떤 집이 지어질까, 지날 때마다 보곤 했지만, 어느 틈엔가 이사도 마친 듯하다. 앞으로 심을 작은 나무가 정원 모퉁이에 기대어져 있었다.

여러 가지 일이 있다. 좋은 일도 나쁜 일도. 특히 아무 일도 없었던 날은 좋은 날에 해당한다.

전철을 타고 가장 가까운 영화관으로. 티켓을 산 뒤, 긴 줄을 서서 생맥주와 팝콘도 샀다.

영화 관람이 끝났다. 나의 오늘은, 돌아오는 전철 안에서 종료했다.

힐끗

남의 집
현관을 슬쩍
보게 되는 것은
왜?

SPECIAL
THANKS TO

→

『행복은 이어달리기』
출간까지 함께 달려주신 분들

행복은 이어달리기

초판 1쇄 인쇄 2020년 5월 13일
초판 1쇄 발행 2020년 5월 22일

지은이 마스다 미리
옮긴이 오연정

기획 및 책임편집 고미영   펴낸이 고미영
편집 홍성광   펴낸곳 (주)이봄
디자인 최정윤   출판등록 2014년 7월 6일 제406-2014-000064호
마케팅 송승헌 이지민   주소 10881 경기도 파주시 회동길 455-3
홍보 김희숙 김상만 지문희 우상희 김현지   전자우편 yibom@yibombook.com
제작 강신은 김동욱 임현식   팩스 031-955-8855
제작처 영신사   문의전화 031-955-9981

ISBN 979-11-90582-28-5 02830

 **springtenten**   **yibom_publishers**